66

그 작은 공간이 나를 자극해서였을까,

아니면 건축을 향한 열정으로 내가 있는 공간 따위는

신경 쓸 겨를도 없어서였을까.

퇴근 후 집에 오면 시간이 날 때마다

틈틈이 건축 공모전을 준비했다.

99

"
도전해보는 경험만으로도
얻는 게 많다고 생각했다.

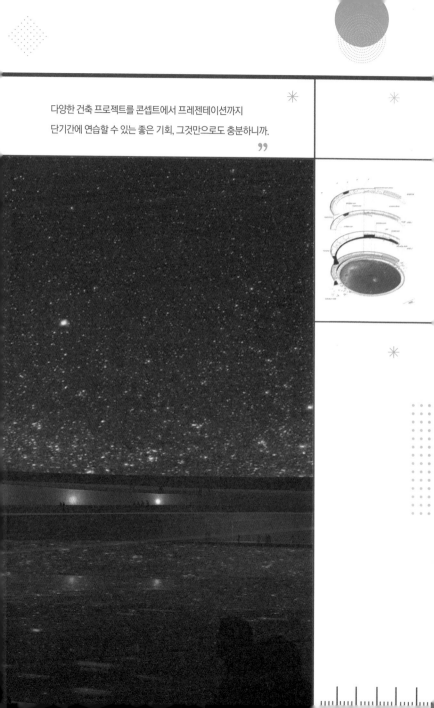

다양한 건축 프로젝트를 콘셉트에서 프레젠테이션까지
단기간에 연습할 수 있는 좋은 기회, 그것만으로도 충분하니까.

"

> 창업을 한 후에 본격적으로 의상 제작을 시작하게 되었다.
>
> 의상 제작으로는 한 푼도 벌지 못했고
>
> 건축 일을 하며 모은 적금도 전부 사업 자금으로 쓰게 되었지만
>
> 그럼에도 불구하고 옷을 만들 때마다 살아 숨 쉬는 기분이었다.

✳ 기성복의 문법을 과감하게 깨트린,
직접 만든 비닐 옷

> **❝**
> 내가 두껍게 만들어놓은 편견을 찢고 나와
> 사람들의 시선과 솔직한 의견에 나를 내던진 그 순간을 결코 잊을 수 없다.
> **❞**

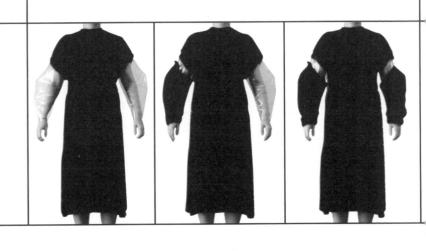

✳ 한국에서의 새로운 도전,
디자인 브랜드 '디렉(DERECC)'

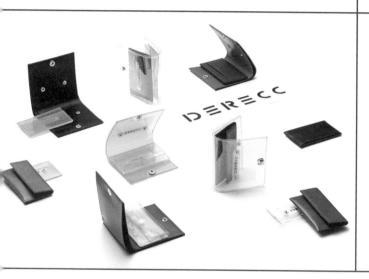

> 지갑을 화폐를 담는 용도만이 아닌 취향을 담고 삶의 태도를 투영하며
>
> 좋아하는 것을 담을 수 있는 그릇으로 해석하게 되었다.
>
> "지갑은 그냥 지갑이지!"라고 말하는 사람도 있다.
>
> 그렇다. 지갑은 그냥 지갑이다.
>
> 하지만 어떤 의도로 지갑을 만들고 어떤 방식으로 사용하느냐에 따라
>
> 세상에 단 하나뿐인 지갑이 탄생하기도 한다.

> 나는 더 이상 내가 사는 공간을 방임하지 않으며
> 매일이 기다려지는 장소로 만들어가는 중이다.

재밌어서 만들다 보니

좋아하는 것을 오래 하기 위한 방법

재밌어서 만들다보니

한주희 지음

Creator

Media Changbi

+ +

건축을 오래 하고 싶어서
옷을 만듭니다

의지와 상관없이 시간이 겹겹이 쌓이면서 어느새 나이 앞에 4라는 숫자가 붙기 직전이다. 이제는 '무엇이 되고 싶다'보다 '무엇이 되었다'라는 말이 더 잘 어울리는 나이다. 나는 건축가가 되었다. 가족 중 건축 관련 일을 하는 사람이 있어 건축을 접한 것도 아니었고, 건축 관련 책을 읽다 매료된 것도 아니었다. 내가 다니던 고등학교에서는 제2외국어로 이과는 중국어를, 문과는 프랑스어를 가르쳤는데 나는 프랑스어를 하기 싫어서 이과를 선택했다. 나중에 내가 프랑스에 살게 될 줄 미리 알았다면 다른 선택을 했을 텐데 말이다. 지금 생각해보면 말도 안 되는 이유로 이과를 선택했던 그때의 나는 가고 싶은 대학도, 학과도 없었다. 그러다 보니 당연히 수능 공부는 따로 하지 않았고 무엇으로 먹고 살지에 대한 고민 따위도 해본 적이 없었다.

하고 싶은 건 많은데 다 하지 못해 아쉬워하는 현재의 내 모습과 비교한다면 같은 사람인가 싶을 정도로 대조되는 삶이었다. 그래서 유년 시절의 나를 떠올리면 특별히 정의 내릴 만한 게 없었고 뭐라도 좋아하며 살걸 하는 후회가 밀려오기도 했다. 대학교 1학년 때 교수님들이 왜 건축학과를 선택했느냐 물으면 나는 제대로 대답하지 못했다. 차마 "어머니가 건축하면 좋겠다고 해서요!"라고 솔직하게 답할 수는 없었으니까.

건축이란 세계는 어느 날 우연히 찾아왔다. 무엇이든 금세 싫증을 느끼던 나에게 건축은 하면 할수록 어려운 분야였지만 더 알고 싶게 만드는 무언가도 있었다. 그 덕에 건축을 멈추지 않고 계속해왔다. 원하는 대로 일도 잘 풀렸다. 건축은 학문 자체로는 어려웠지만 한 만큼 곧바로 피드백이 있었고, 그럴 때마다 표현할 수 없는 쾌감마저 느꼈다.

나도 어떤 일을 꾸준히 그리고 잘할 수 있는 사람이라는 것을 처음으로 깨달았다. 건축 공모전에 참가하면 곧잘 상도 받았고, 한국에서 건축학과도 무난하게 졸업했다. 프랑스에서 프랑스어를 제대로 구사하지 못해 언어적 한계에 부딪힐 때도 건축도면만 있으면 소통에는 어려움이 없었다. 파리 건축학교 입학과 졸업도 그리 어렵지 않았다. 일하고 싶다고 마음먹자 운 좋게 바로 취업도 했고, 회사에서 실력을 인정받아 나름 자부심도 생겼다. 건축이 나한테 딱 맞는 평생 직업이라 생각했다. 한 번에 결정한 직업이 이렇게나 잘 맞을 확률이 얼마나 있을까 상상하면 내가 운이 좋은 사람처럼 느껴졌다. 모든 일이 수월하게 흘러가는 것 같았다. 하지만 경력이 쌓일수록 손에 잡히지도, 사라지지도 않는 불안감이 커져갔고 그 알 수 없는 불안감 앞에서 나는 질문을 던질 수밖에 없었다.

'나는 정말 옳은 길을 가고 있을까?'

그때까지 틀린 길을 가본 적 없던 나는 이 질문에 제대로 답하지 못했다. 학부 때부터 시작해 건축회사를 퇴사할 때까지 건축이 삶의 주축이 되어온 시간은 18년이었다. 시간을 어떤 기준으로 보느냐에 따라 그 가치는 전혀 다르게 해석된다. 18년은 살아온 기간에 비하면 길지만 앞으로 평균 수명까지 산다고 감안하면 짧아 보이는 숫자이기도 하다. 그러나 먼 미래까지 끌어오지 않더라도 한 가지는 확실했다. 인생의 절반 가까이 나는 오직 건축 하나만 바라보며 걸어왔다는 사실 말이다. 그동안 쏟아부은 열정과 투자한 시간을 고려한다면 계속 건축 일을 하는 게 합리적으로 보였다.

하지만 이성적인 인간이 되기에 나는 쓸데없이 생각이 많았다. 뭐라도 제대로 보려면 몸도 머리도 모두 가벼웠어야 하는데 말이다. 생각은 어느새 형체를 알아볼 수 없는 거대한 덩어리가 되어 나를 짓눌렀는데, 그럴 때는 우선 생각을 행동으로 옮기면 언제 그랬냐는 듯 복잡했던 머릿속이 정리되었다. 건축이 내게 맞는지 의문이 든다면 다른 일을 해보기만 해도 저절로 풀릴 터였다. 어쩌면 내가 건축을 할 수 있으니 당연히 내게 맞는 일이라고 믿었는지도 모른다.

안정적인 직장, 완벽하게 적응한 파리에서의 생활, 만족스러운 인간관계…… 겉으로 보이는 내 삶은 평온했다. 아니, 파리에 있는 외국인 노동자치고는 아주 잘 살았다. 그래서 선뜻 용기가 나지 않았다. 회사를 그만두면 당장 생활비를 걱정해야 하고, 체류증 갱신도 불확실해지며 경력까지 단절되니 모든 게 불안정해질 것 같았다. 이 찜찜한 느낌은 나만 모른 척하면 되었기에 결국 회사를 관두지 못했다. 한번 마음먹으면 행동으로 과감하게 밀어붙이는 편인데도 그때까지 쌓아온 것을 놓는 일이 그리 쉽지만은 않았다. 나는 아무것도 하지 못하고 그렇게 7년이라는 시간을 흘려보냈다.

그리고 2014년, 새로운 삶의 주축이 찾아왔다. 바로 우연한 기회에 취미로 시작한 의상 제작. 그전까지는 건축 생각으로만 가득했던 머리가 의상과 제품 디자인으로 하나씩 채워졌다. 당연히 일은 제대로 할 수 없었다. 몸은 건축 일을 하는데 머리는 온통 디자인 생각으로 가득 차 있었으니까. 아무리 노력해도 마음먹은 대로 생각을 통제할 수 없었고 분명 그럴 만한 이유가 있다는 느낌이 들자 일을 그만둘 수밖에 없었다. 일에 집중도 안 되고, 그렇다고 머릿속을 비워내지도 못하는 상황이 버거워졌기 때문이다.

누군가 내게 물은 적이 있다.

"왜 그렇게 옷에 집착하세요? 건축한 거 아깝지 않아요?"

왜 아깝지 않을까. 건축에 들인 시간과 노력을 떠올리면 내가 괜한 고집을 부렸다는 생각도 든다. 하지만 이제는 주저하지 않고 말할 수 있다. 내가 의상 제작에 열중하는 이유는 "건축을 오래 하고 싶어서!"라고. 생뚱맞은 이야기로 들릴지 모르지만 좋아하는 일을 오래 하고 싶어서 다른 분야에 도전했다. 나는 호기심도 많고 궁금하면 답을 찾아내야 더 이상 고민하지 않는 타입이기도 하다. 밖으로 나가지 못한 생각은 계속 나타났다 사라졌다를 반복하며 나를 귀찮게 만들었기 때문에 어떤 방식으로든 정리를 해야 했다.

무언가를 시도할 때마다 직업이라는 틀 안에서 할지 안 할지를 고민했다면 아마 대부분의 활동은 취미 생활이나 버킷리스트 정도로 남았을 것이다. 어떤 사람들에게는 내가 계획 없이 사는 사람으로 보일 수도 있다. 그러나 인생이 원하는 대로 흐르지 않는다는 사실을 안 이후로 나는 내가 정한 계획에 스스로를 옭아매지 않기로 결심했다. 오히려 어떤 상황에 놓이더라도 즐길 수 있는 일을 꾸준히 매일 하기로 마음가짐을 바꿨다. 취미인지 일인지 구분하지 않고 가슴 뛰는 일을 그냥 즐기다 보니 예상하지 못한 일들이 일어났고 이전에는 상상도 해보지 못한 경험도 할 수 있었다.

잔잔한 호숫가에 돌멩이 하나를 던져 어떤 변화가 생기는지 관찰하고 즐기는 사람처럼, 나는 내 선택이 만들어내는 변화를 지켜보고 있다. 외국에서의 삶, 건축가로 참여한 다양한 프랑스 국내외 프로젝트, 파리 패션위크 참가, 그리고 작가로 첫발을 뗀 지금까지. 겹겹이 쌓인 경험들이 미래에 어떤 모습으로 투영될지, 앞으로 무슨 일이 펼쳐질지 두려우면서도 궁금하기만 하다. 단조로웠던 삶이 입체적인 무언가로 변해가는 느낌이다. 그 모습이 어떤 형태가 될지는 계속 가다 보면 알게 되지 않을까.

이제는 육아를 하면서도 하고 싶은 일이 있으면 포기하지 않고 일단 방법부터 찾는 습관이 생겼다. 예전만큼 원하는 속도로 가지는 못하지만 꾸준히 무언가를 하기 위한 노력을 멈추지 않는다. 요즘은 아이를 재우고 모든 집안일이 끝나면 잠들기 전 두세 시간 동안 가구 모형을 만든다. 계속할 수도 있고 하다가 그만둘 수도 있지만 우선은 할 수 있는 데까지 해볼 생각이다. 곁에서 지켜보던 남편도 가구 제작에 흥미를 느껴 든든한 동업자가 생긴 느낌이다. 그래서 더 흥이 난다. 내가 피곤한 몸을 이끌고 자는 시간까지 줄여가면서 가구 디자인에 관심을 갖는 이유가 분명 있지 않을까? 앞으로 어떤 또 다른 경험이 나를 기다릴지 궁금할 뿐이다.

차례

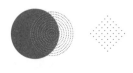

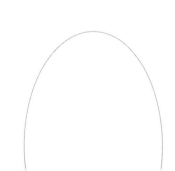

1부

파리의 건축가,
디자이너가 되다

++++

프랑스 여행과 프랑스 생활의 차이

　서로가 무척이나 다른 사람이라는 사실을 인식하는 데도 오랜 시간이 걸렸고, 그걸 깨달은 후에도 그 차이를 어떻게 해석할지 몰라 고민하고 방황하던 때가 있었다. 나는 프랑스 생활에 쉽게 적응하지 못했다. 다른 문화, 다른 언어, 다른 모습의 사람들까지 이해하기 어려운 것투성이였다. 아니, 정확히 말하면 제대로 이해하려고 노력하지 않은 채 외면하기만 했다. 폭주 기관차처럼 달리기만 했을 뿐 '왜' 가고 있는지, '어떻게' 가야 할지는 고민하지 않았다. 그러다 어느 순간 외면해왔던 수많은 질문이 쏟아졌고 나는 꽤 긴 기간 동안 답을 찾기 위해 애써야 했다.

프랑스에서 '이제 살 만하다!'라고 느낀 시점이 오기는 왔다. 다만 그런 느낌을 받기까지 9년의 세월이 걸렸다. 적응하는 데 시간이 필요했던 나와는 다르게 프랑스 생활에 빠르게 적응하는 사람을 발견했다. 한국 사람이었던 그를 만난 건 스트라스부르에 있는 어학교에서였다. 처음에는 아무렇지도 않게 사람들과 어울리는 그에게 좋지 않은 눈길을 보내기도 했는데 그를 생각하면 아직도 선명하게 떠오르는 한 장면이 있다. 어학교 로비 한 편에 위치한 카페테리아에서 그는 친구들과 즐겁게 대화를 나누는 중이었다. 나는 그들의 모습이 시야에서 사라질 때까지 전면 유리창에 비친 그를 계속해서 바라보았다. 나는 왜 그에게서 시선을 뗄 수 없었을까.

2006년 8월 16일, 광복절 다음 날 프랑스와 독일의 접경 지역인 스트라스부르에 도착했다. 보통 9월 초에 1학기가 시작되는 프랑스 학기제에 맞춰 출국 날짜를 정했는데, 한 달 정도의 적응 기간이면 충분하다고 착각했다가 고생을 했다. 어학 시험에 빨리 합격해서 건축학교에 입학하는 것이 목적이었기 때문에 학기 전에 여행을 하며 다양한 문화를 체험할 생각은 할 수조차 없었다. 나는 부모님의 동의 없이 갖고 있던 600만 원을 들고 덜컥 유학을 떠났고, 유학 생활에 어느 정도 적응하면 아르바이트를 해서 학비를 댈 계획이었다.

머리로는 상상한 대로 모든 게 가능해 보였지만 현실은 그렇게 녹록하지 않았다. 입은 쉽게 트이지 않았고 분명히 아는 문장인데도 말하지 못해 눈만 끔뻑거리는 일이 반복되자 말하는 도중에도 속으로는 끊임없이 내가 저지른 문법 실수를 되뇌이게 되었다.

'명사, 아니면 형용사를 쓰는 게 맞나? 이 상황에서는 이 문장이 더 적합할까?'

무엇보다 나는 여전히 서양 사람이 낯설었고 그들의 표정과 말투, 행동들은 이해하기 어렵기만 했다. 결국에는 어떻게 대처해야 하는지 몰라 불편한 일들이 늘어나자 이런 상황들을 최대한 피하기에 이르렀다. 유학길에 오르기 2년 전에 건축학교들을 직접 보고 싶어 떠난 40일간의 유럽 여행과는 확실히 달랐다. 유학 생활을 시작하면서 여행 때는 느끼지 못하고 보지 못했던 것들이 현실로 다가왔다. 이해 못 하면 그만이 아닌, 무슨 수를 써서라도 적응해야 한다는 점에서 여행과 삶은 분명 차이가 있었다.

문법책을 열심히 공부하면 문장이 술술 만들어지고 그 문장을 외우면 대화를 할 수 있을 줄 알았다. 그래서 어학교에 다니는 동안에는 학교—도서관—집을 벗어나지 않으며 어학 시험만 준비했다. 시험 항목에 말하기는 없어서 문법, 듣기, 쓰기만 공부했는데 말문을 트기 위한 노력을 특별히 하지 않다 보니 당연히 말은 늘지 않았다. 이어폰에서 나오는 프랑스어는 알아듣지 못해도 몇 번을 반복해서 들으면 그만이었다. 하지만 일상에서는 말을 들을 수 있는 기회가 단 한 번만 주어졌고 겨우 용기 내서 "제가 못 알아들어서요, 다시 천천히 말해줄래요?"라고 물어봐도 돌아오는 대답은 늘 똑같을 뿐이었다. 외국인이라고 해서 특별히 더 천천히 또박또박 발음해주는 사람은 거의 없었다. 게다가 사람과 지역 특성에 따라 발음과 목소리 톤도 다양했다. 프랑스어 듣기책에서 들을 수 있는 정확한 발음과 편한 목소리 톤은 찾아보기 어려웠다. 여러 상황에 노출된 적 없던 내가 자연스러운 대화의 흐름을 알 리도 없었기에 실제로 나는 거의 대부분의 대화를 이해하지 못한 채로 지냈다.

그 흔한 인사말인 '봉주르(Bonjour, 안녕하세요)'를 말할 때조차 긴장이 되었다. 마지막 음절의 'r' 발음은 한국 발음 '흐'와 비슷하지만 목을 긁어야 나오는 익숙하지 않은 소리였다. 자신감 없는 내 발음을 프랑스 사람들은 잘 알아듣지 못했다. '메르시(Merci, 감사합니다)'도 발음과 최대한 비슷한 한국 표기는 '메르시'가 아니라 '메흐시'다. 이조차도 내가 'r'을 제대로 발음하지 못해 상대방이 내 말을 못 알아듣는 상황이 늘어났고, 사람들이 '파르동?(Pardon?, 뭐라고요?)'이라고 되묻는 일이 많아질수록 나는 움츠러들어서 그 자리를 빨리 벗어나기만 했다. 'r'은 자주 쓰고 듣는 발음이었지만 익숙해지려면 여전히 많은 시간이 필요했다.

"집에서 생일 파티할 건데 너도 올래?"

"미안해, 못 갈 것 같아."

어학교 같은 반이던 영국인 친구의 초대를 받았을 때 나는 고민하는 척도 하지 않고 바로 거절했다. 파티에 가서 반 친구들과 이런저런 대화를 나누며 친해지고 싶은 마음이 컸지만, 프랑스어를 잘 못하고 잘 알아듣지도 못하던 나는 그 자리가 왠지 불편할 것만 같았다. 결국 나는 가보지도 않고 일단 피하는 방법을 선택했다.

당시에는 주변에 누군가 다가오기만 해도 차단부터 하려 했다. 내게 호의적이었던 친구들은 그런 내 태도에 실망했는지 나중에는 인사조차 하지 않았다. 그렇게 없는 사람 취급을 당할수록 나는 공부에 더 열중했다. 덕분에 시험에는 빨리 합격했다. 말이 트이지 않은 상태에서 건축학교를 다녔기 때문에 정말 고생스러웠지만 말이다.

빨리 뛰어가면 주변에 무엇이 있었는지 기억나지 않듯이 그때 나는 정해놓은 목적에 맞추어 앞만 보고 갔다. 단기간에 건축석사과정을 졸업한 나에게는 졸업장 한 장만 있을 뿐 그 시간을 회상할 만한 어떠한 좋은 기억도 없었다. 한국인 유학생을 만날 때면 "어학 배울 때가 제일 좋았어!"라는 말을 자주 들었다. 나는 "어학 배울 때가 제일 힘들었다……"라는 말이 처음으로 나오는데 말이다.

그때 한국인 유학생이었던 그를 만났다. 같은 반을 한 적은 있어도 인사만 할 뿐 대화를 나눌 정도의 사이는 아니었지만 나와는 전혀 다른 그에게 자연스레 시선이 갔다.

내 관점으로 봤을 때 그의 발음은 이상했다. 문법책에서 본 예문과는 다르게 문장 완성도도 떨어지는데 선생님이나 친구들과 대화하는 데는 문제가 없어 보였다. 오히려 그가 수업 분위기를 재미있게 끌어가며 웃음을 자아내는 상황이 자주 생겼다. 덕분에 나 또한 긴장을 풀고 그 시간을 보냈다. 선생님의 질문에 겨우 한두 마디로 답을 하는 게 전부였던 나는 그를 부러운 시선으로 바라볼 수밖에 없었다.

'어떻게 저게 가능하지?'

언어 실력과 상관없이 자신 있게 말하는 그의 모습은 내게 적지 않은 충격을 안겨주었다.

언어는 수단일 뿐 그 자체로 목적이 아니다

그는 아르바이트를 해서 학비를 대고 있었다. 나 또한 같은 계획을 갖고 유학을 왔지만 현실은 생각보다 만만치 않왔다. 프랑스어는 쉽게 늘지 않았고 마트에서 장을 보는 흔한 일상생활마저 무겁게 느껴졌다. 아르바이트 면접을 보는 것조차 두려워서 일자리를 구하는 건 시도조차 못 했다.

'무슨 말을 어떻게 말하지……'

유럽 여행 경비를 모으려고 하루에 세 개의 아르바이트를 하던 패기와 열정은 온데간데없었고 프랑스어 때문에 지레 겁먹고 포기해버리는 내 모습에 그저 실망감만 커져갔다. 이런 상황이다 보니 나는 그가 일을 한다는 이야기를 들었을 때 놀라움을 감추지 못했다.

그는 음식점에서 식당 보조 일을, 초등학교에서는 아이들 지킴이 역할을 하고 있었다. 점심시간 동안 선생님 대신 아이들의 점심을 챙겨주고, 식사 후에는 운동장에서 아이들과 놀면서 안전을 책임지는 일이었다. 나라면 그런 기회가 생겨도 아이들과 어떤 방식으로 말해야 할지 몰라 거절했을 텐데 그는 지킴이 역할에 꽤 보람을 느낀다고 했다.

언어가 그 자체로 목적이 되는 게 아니라 사람과 소통하는 수단이라는 걸 그를 통해 다시금 깨달았다. 아이들이 즐거워할 때 같이 즐거워해주고, 화가 나거나 슬플 때 다독여주는 일에는 문법적 완성도가 필요하지 않았다. 의사전달이 잘되면 좋겠지만 그렇지 않더라도 사람의 마음은 충분히 전달될 테니까. 내가 문법책에 나온 문장들을 달달 외우고 완벽하게 구사할 때까지 기다린 반면 그는 이미 일상에서 사람들과 부딪히며 소통을 하고 있었다. 지식을 습득하듯이 언어를 배우던 나는 정작 언어를 배우는 목적이 사람과 소통하기 위해서라는 것을 잊고 있었다.

그는 사람이 좋고 사람과 어울릴 때 행복을 느낀다고 했다. 나와는 대조적으로 그는 낯선 문화, 낯선 언어 앞에서도 자신을 있는 그대로 지켜가며 외국 생활에 적응해나갔다. 2년 후 나는 파리에 있는 건축학교에 다니기 위해 이사를 갔고 그는 스트라스부르 건축학교에 합격해서 원래 살던 곳에 남았다. 그리고 가끔씩 근황을 주고받았을 뿐 그저 아는 한국인 유학생이었던 그와 나는 4년 후 장거리 연애를 하는 사이가 되었다.

무엇이 더 나은 삶의 태도인지는 아직도 잘 모르겠다. 다만 그와 부부가 된 지금도 그는 그의 방식대로, 나는 내 방식대로 삶을 개척해나가는 중이다. 다른 삶의 방식을 가진 우리의 충돌은 멈추지 않지만 서로를 이해하는 노력 또한 멈추지 않고 있다. 나무와 철처럼 성질이 다른 외장 재료도 같은 위치에서 비를 맞고 햇볕에 노출되면 어느 순간부터 비슷한 방식으로 늙어간다. 그와 나도 같은 상황에 놓이다 보니 비슷한 부분이 늘어나는 걸까. 그에게서 내 모습이, 내게서 그의 모습이 보일 때가 있다.

아이처럼 말하는 어른

14개월 된 아이가 내는 소리를 듣고 있다 보면 '옹알이 번역기'가 있으면 좋겠다는 생각이 든다. 아이가 원하는 게 무엇인지 알면 더 잘해줄 수 있을 텐데 말이다. 아이는 '아' '오' '우' '두두두' 등 다양한 소리로 무언가를 표현한다. 아이가 내 입을 뚫어지게 쳐다볼 때도 있다. 내가 무슨 말을 하는지 알고 싶어서인지 아니면 그냥 신기해서 보는지 확인할 방법은 없지만 내 입 모양이 아이의 관심을 끄는 것은 분명하다.

언어적 의사소통이 아니어도 나는 경험을 통해 아이가 무엇을 원하는지 유추할 수 있다. 아이는 3센티미터도 안 되는 손가락으로 자신이 원하는 방향이나 물건을 가리키기도 하고, 다양한 얼굴 표정으로 의사표현을 하기도 한다. 나는 우유는 흰색 통에, 물은 빨간색 통에 담아줬는데 아이는 언제 그 의미를 알았는지 통 두 개를 갖다주면 그중 자신이 원하는 통을 집었다. 물통 손잡이 색깔의 의미를 경험을 통해 깨달은 것이다.

게다가 아이는 자신이 좋아하는 과자 '떡뻥'이 먹고 싶으면 직접 봉지를 가져왔고 읽고 싶은 책을 들고 와 칭얼대거나 내 손가락을 잡고 책 쪽으로 끌고 가기도 했다. 이제 막 돌이 지난 아이는 예상보다 훨씬 더 많은 것을 인지하고 표현할 수 있었다. 나는 그런 아이의 표현을 온 신경과 마음을 다해 이해하려고 애쓴다. 여전히 아이와 나는 서로의 언어를 정확하게 알지 못하지만 그렇기 때문에 소리, 몸짓, 손짓, 표정 등 다양한 수단을 쓰며 표현하고 이해하기 위한 노력을 멈추지 않는다.

내가 외국에서 살아본 경험이 없었더라면 아이의 언어를

이해하는 폭이 훨씬 좁았을 거라는 생각을 하기도 했다. 나 또한 아이의 입장이 되어본 경험이 있었으니까. 프랑스어를 잘 구사하지 못하는 동안 나는 아이처럼 말하는 어른이었다. 모국어는 언제부터 시작했는지 어떻게 배웠는지 기억조차 없어서 원래 알았던 것만 같은 착각이 들었는데, 프랑스어는 아주 쉬운 단어부터 알아듣지 못하고 말도 나오지 않아 자주 답답함을 느꼈다. 먹고는 살아야 하고, 행정적인 부분을 해결하려면 어떻게 해서든지 의사전달을 해야만 했으니 나는 아이처럼 손짓, 몸짓, 표정을 전부 쓰면서 내 의사를 표현하려고 했다. 그러니 아이가 얼마나 답답할지를 이해하는 건 곧 과거의 나를 이해하는 일이기도 하다. 아이의 모습에서 프랑스인이 하는 말을 어떻게 해서든지 파악하려고 노력했던 지난 나의 모습이, 상대방의 표정과 입 모양에 모든 신경을 집중했던 그때의 내가 겹쳐 보였기 때문이다.

프랑스에서 아이처럼 말하는 어른이었던 나는 이제 아이의 언어를 궁금해하고 이해하는 어른이 되었다. 힘든 기억이 대부분이었던 프랑스에서의 생활이 내게 무엇을 남겼는지 이제야 조금씩 깨달아가고 있다.

다른 방식으로 세상 보기

　외국에서 외국어를 사용하며 살아가는 일은 정말 색다른 경험이었다. 가능한 한 멀리하고자 했던 언어가 삶의 중심에 놓여 더 이상 외면할 수도, 도망칠 수도 없었다. 프랑스어 실력이 결정짓는 게 너무 많았는데 사실 거의 대부분이라 해도 과언이 아니었다. 체류 여부부터 입학, 취업, 승진, 인간관계, 일상생활까지 어느 것 하나 프랑스어와 별개인 게 없었다. 언어능력이 돈, 학력, 경력 등 그 어떤 가치보다 중요해 보였고 프랑스어를 잘하는 외국인을 볼 때면 그렇게 부러울 수가 없었다.

　'언어가 삶에서 이렇게나 중요했나?'

프랑스어를 2년 공부해도 말문이 안 트여 쭈뼛대던 나에 비해 프랑스에 체류한 지 6개월도 채 안 된 이탈리아 친구가 자연스럽게 대화에 끼는 모습을 봤을 때의 그 억울함이란. 시간이 지나면서 나보다 말이 빨리 느는 친구들을 만나는 건 어느새 흔한 일이 되어버렸다. 한 장소에 오래 산다고 언어 수준이 저절로 늘지는 않았다. 그럼 어떤 이유에서 이런 차이가 생겼을까? 문화나 성격, 아니면 언어능력 차이? 분명한 사실은 나는 공부한 양이나 시간에 비해 말이 늘지 않는 사람이라는 것이었다.

공부만 한 덕분에 나는 단기간에 어학 시험에 합격했고 건축학교 졸업과 동시에 빠르게 회사에 취업할 수 있었다. 프랑스에 도착한 후 4년 만의 일이었다. 예상 외로 일이 잘 풀렸는데 이를 계기로 언어는 시험공부하듯이 배우는 게 맞는다고 착각하기도 했다. 그래서 사람들과의 만남을 최대한 줄인 채 효율적이라고 판단되는 일만 해나갔다. 다양한 경험을 하려고 외국에 왔는데 오히려 어느 때보다 움츠린 채로 제한된 인간관계를 유지하고 말았다. 보고 싶은 것만 보고 듣고 싶은 것만 들으며 어렵고 힘든 상황을 피하다 보니 당연히 말은 빨리 늘지 않았고 적응도 어려워져 결국에는 하루도 빠짐없이 내가 왜 프랑스에 와서 사서 고생하나라는 생각을 하며 보내게 되었다. 그렇다고 당장 짐을 정리해 한국으로 돌아갈 수도 없었다. 기회가 주어졌는데 해보지도 않고 포기하는 자신이 한심하게 느껴졌기 때문이다. 낯선 환경에 적응하려면 시간이 필요하다는 각오로 버티는 것만이 내가 할 수 있는 유일한 방법이었다.

가장 나다운 프랑스어

모국어로 말할 때와 프랑스어로 말할 때 나는 다른 사람이 되었다. 생각을 표현하는 방식은 말할 것도 없고 목소리 톤부터 말투, 눈빛, 제스처까지 전부 달라졌다. 프랑스어를 입에 올리면 중저음이던 목소리가 갑자기 하이 톤으로 올라갔다. 처음부터 그랬던 것은 아니었고, 가늘고 높은 톤으로 말할 때 프랑스어 발음이 부드럽게 잘 나오고 문장 전달력도 좋아진다는 것을 알게 된 후부터였다. 언어에 따라 목소리 톤이 바뀌는 게 이상했지만 그러지 않아야 하는 이유 또한 찾을 수 없었다.

프랑스에 체류하는 기간이 늘어날수록 어색하기만 했던 볼을 맞대고 인사하는 비주(bisou)에 익숙해졌다. 어디를 가든 어디에 있든 인사를 마냥 받기만 할 수는 없었다. 어느새 누군가 먼저 인사를 건네기 전에 시선을 교환하며 인사를 하는 내 모습을 발견하는 경우가 많아졌고, 그렇게 하는 데 편안함과 익숙함을 느끼게 되었다.

휴가차 한국에 머물렀을 때 엘리베이터 안에서 만난 사람에게 인사를 건넸다가 아무런 반응이 없어 무안했던 적도 있었다. 그 후 며칠 동안 사람들의 모습을 관찰하며 한국에서는 보통 모르는 사람과 시선 교환이나 인사를 하지 않는다는 걸 깨달은 후에는 나도 그에 맞추어 행동했다. 태어나고 자란 한국이 그토록 낯설게 느껴지기는 처음이었다. 한국과 프랑스 어느 곳에도 속하지 못한 채 겉도는 기분은 이후로도 꽤 오랫동안 지속되었다.

일상에서 프랑스어를 쓰고 살 때면 늘 나를 따라다니는

'무엇'이 있었다. 흐릿해진 기억을 좇으며 며칠을 고민했다. 귀찮고 떼어내고 싶은데 결코 떨어지지 않았던 그것. 마치 머릿속에 생각과 감정을 한 번에 거르는 필터가 있는 느낌이랄까⋯⋯.

그렇다. 내가 기억하려 애쓰던 무엇은 바로 필터였다. 프랑스어가 입으로 나오는 순간 풍부했던 생각들은 눈에 보이지 않는 필터를 거쳐 단숨에 일차원적인 문장들로 걸러졌다. 그 문장이 너무 단순하고 짧아서 내가 원래부터 그렇게 생각했다는 착각마저 들었다. 마음속으로 이렇게 말하려던 게 아니라고 수도 없이 외쳐봐도 별다른 방도가 없었다. 익숙하게 써왔던 말투와 자주 쓰던 표현 방식을 프랑스어로 완벽하게 번역하기란 쉽지 않은 일이었다.

익숙한 단어가 없어서 한국어를 대체할 만한 말을 찾지 못한 적도 있었다. 예를 들면 '고소하다' 같은 단어가 그랬다. 친구들과 깨가 묻어 있는 빵을 먹으며 "이 빵 엄청 고소하다!"라고 이야기하고 싶어 적절한 말을 꺼내보려 했지만 떠오르는 단어가 없었다. 프랑스 친구에게 물었더니 프랑스어에는 '고소하다'라는 형용사 자체가 없다는 대답이 돌아왔다. 깨를 먹기는 하는데 깨가 만들어내는 냄새나 맛을 표현하는 말은 없다는 것이었다. 프랑스에도 참기름(huile de sésame)이 있기는 하지만 이름만 같을 뿐 전혀 다른 기름이었다. 프랑스의 참기름은 볶지 않은 참깨를 압착해 만들어 고소한 냄새가 나지 않는다. 그래서 프랑스에서 한국의 참기름 냄새를 기대하고 참기름을 샀다가 거의 먹지 못하고 버린 적도 있었다. 이렇게 되면 결국 프랑스어로 '비빔밥의 고소한 참기름 냄새'를 번역하더라도 그 냄새가 무엇인지는 전달할 수 없게 된다. 후각을 자극하는 참기름 냄새를 표현할 언어가 없어 공유하지 못하니 표현의 자유를 뺏긴 기분이었다.

언어가 생각을 담는 수단이 되어야 하는데 내게는 생각을 마음대로 표현하지 못하게 하는 장애물처럼 여겨졌다. 그래서 항상 불편한 느낌이 들었고 기억과 생각, 느끼고 보는 것을 마음대로 표현하지 못하는 답답함이 쌓일수록 프랑스어 공부에 열중했다. 그렇게 프랑스에 체류하는 13년 동안 나는 쉼 없이 프랑스어로 생각하고, 프랑스어로 말하고, 프랑스어로 쓰인 책을 읽으며 가장 나다운 프랑스어 표현 방식을 하나씩 찾아나갔다.

정반대인 한국과 프랑스의 날짜 표기 방식

회사 문서를 작성하는 일은 그리 어렵지 않았다. 양식이 존재했고 자주 쓰는 건축 용어와 표현도 정해져 있었다. 그런데 일기는 좀 달랐다. 느끼고 본 것을 쓸 뿐인데 이렇게 어려울 줄이야. 일기를 쓸 때는 한 단어, 한 문장을 마무리하는 과정조차 쉽지 않았고 사전에서 단어를 찾아보고 책에서 본 문구를 응용해도 늘 한계에 도달했다. 생각을 글로 표현하는 일 자체가 쉽지 않은 데다, 외국인인 나는 한국어로 한 생각을 프랑스어로 바꾸기까지 해야 하니 일기를 쓰는 게 버거울 수밖에 없었다. 문장을 완성하는 데 집중할수록 생각의 흐름은 끊겼고 어느새 일기장이 원래의 목적에서 벗어나 글쓰기 연습장이 되어버리자 결국 나는 프랑스어로 일기 쓰기를 멈췄다.

일기에 대해 쓰다 보니 한 가지는 이야기하고 넘어가야할 것 같다. 나는 일기를 쓸 때 항상 '일'을 먼저 쓴다. '월'보다 '일'이 앞에 오는 프랑스식 날짜 표기를 한국에 와서도그대로 사용하는 이유는 그 방식이 익숙해서가 아니다. 나에게는 한 달 동안 반복되는 달을 표현한 숫자보다 매일 변하는 하루를 나타내는 숫자가 훨씬 더 중요하다. 어제와 다른 오늘을 살고 싶어서 일상에 무엇이든 작은 변화라도 주려 하다 보니 월보다 일을 먼저 쓰는 게 자연스럽고 편하기도 했다. 아주 개인적인 일기에서조차 마음대로 쓸 수 있는자유를 빼앗기고 싶지 않았다.

누군가는 신경 쓸 것도 많은 일상에서 날짜 표기까지 생각할 여유가 있느냐고 물을 수도 있다. 그러나 아주 사소한습관이야 말로 삶의 태도를 만들고 재정비할 수 있는 초석이다. 그중에서도 매일 반복적으로 하는 일을 '왜' '어떻게'하는지를 인지할 때와 하지 않을 때 삶에는 많은 차이가 생겼다. 아주 작은 행동이라도 그것이 내 선택이라면 어떤 예측하지 못한 상황에 놓이더라도 중심을 잃지 않을 수 있었다.

사실 프랑스에 가기 전까지는 날짜 표기 순서에 의문을 품은 적이 없었다. 그저 월 다음에 일을 쓰는 것이라 배웠고 다들 그렇게 쓰기에 나 또한 그런 줄 알고 따를 뿐이었다. 왜 그런지에 대해서는 묻지도 따지지도 않았다.

한국과 프랑스는 같은 하루를 다르게 표기한다. 한국에서 '2021. 09. 04.'로 쓴다면 프랑스에서는 이를 'le 04. 09. 2021.'로 쓴다. '월, 일, 연도' 순으로 표기하는 미국과는 또 다르게 프랑스는 한국과는 정반대인 '일, 월, 연도' 순으로 적는다.

나는 프랑스의 날짜 표기 방식에도 쉽게 적응하지 못했다. 세상을 거꾸로 보는 기분이었다. 프랑스어로 문장을 만드는 일도 어려운데 날짜 표기마저 가볍게 넘어가주지 않았다. 회사에서 일하다 보면 날짜를 묻고 답하는 경우가 종종 생겼는데 그럴 때마다 나도 모르게 날짜를 말하는 걸 주저하게 되었다. 날짜 표기 순서가 프랑스와 한국이 다르다고 알고는 있었지만 입으로 자연스레 나오기까지는 지속적인 노력과 시간이 필요했고, 날짜 앞에 관사 'le'를 붙이는 것도 항상 신경 써야 했다.

아무런 판단 없이 주어진 정보를 수동적으로 받아들였던 나는 프랑스에 살면서 다른 방식으로 세상을 보게 되었다. 한국에서 당연한 것이 프랑스에서는 당연하지 않았고, 프랑스에서 익숙한 것이 한국에서는 낯선 것이 되기도 했다. 무엇이 맞고 틀린지는 전혀 중요하지 않았다. 심지어 한국에서의 내 모습과 프랑스에서의 내 모습은 같은 사람이 맞나 싶을 정도로 달랐다. 환경에 따라 사람이 이렇게 달라질 수 있다니. 전에는 겪어보지 못한 경험을 하다 보니 질문을 많이 던지는 사람으로 바뀌었는지도 모른다.

자신에 대한 간단한 질문조차 던지지 않고 살았던 내 삶에 더 이상 '그냥'이나 '남들처럼'이라는 모호한 표현은 없다. 이제는 무심코 지켰던 관습이나 어디서부터 시작되었는지 알 수 없는 유행에 현재의 나라면 어떻게 할 것인지 질문을 던지며 답을 찾으려고 며칠을 고민하기도 한다. 모든 질문의 답을 찾지는 못하지만 날짜 표기 방식처럼 어느 날 갑자기 사고체계를 뒤흔드는 사건이 생길 때도 있다. 그럴 때마다 나는 '왜' 그런지 진지하게 고민하는 걸 쉬지 않고 반복한다. 그런 고민들이 쌓일수록 생각이나 관점의 폭이 넓어지는 느낌이다. 쏟아지는 수많은 정보에 당황하지 않고 예측하지 못하는 상황이 닥쳐도 좀 더 여유를 갖고 대처하게 된 것도 틀림없이 이런 사소한 습관이 시작이었을 것이다.

또 다른 나

나는 더 이상 대화하는 상황을 피하거나 두려워하지 않는다. 오히려 표현하는 즐거움을 알게 되어서 스스로 제동을 걸어야 할 정도로 말이 많아졌다. 글을 쓰는 시간이 늘어날수록 말도 같이 늘어갔다. 지난 경험, 생각, 고민들을 글로 옮기면서 나란 사람을 좀 더 명쾌하게 이해할 수 있었고 덕분에 말하기도 수월해졌다. 정확히 표현하자면 하고 싶은 이야기가 많아졌다.

내게 일어난 변화를 돌아보니 프랑스에서의 지난 삶이 다른 각도로 보였다. 그제야 프랑스어가 빨리 늘지 않았던 이유가 말하고 싶은 이야기가 없어서, 말하는 것에 별 흥미를 못 느껴서라는 걸 깨닫게 되었다. 학교와 집, 회사와 집만을 왔다 갔다 했던 단조로운 일상, 한정된 관심사, 취향의 부재. 나는 나를 표현할 만한 게 너무 얇은 사람이었다. 한 번 말하기 시작하면 계속 이야깃거리가 쏟아져 일부러 멈춰야 하는 지금과는 확실히 다른 모습이었다.

 프랑스에 도착했을 때 나는 24세였다. 딱히 좋아하는 것도 싫어하는 것도 없었고 특별한 취미나 운동을 하지도 않았다. 스트라스부르에서는 자전거 도난이 흔했는데 나는 중고 자전거를 끌고 다녀서인지 자전거를 도난당하는 에피소드조차 생기지 않았다. 결국 내가 할 수 있는 이야기는 한국에 관한 것뿐이었다. 프랑스에서 만난 사람들은 내가 한국인이라는 사실을 알고 나면 거의 자동적으로 한국에 대해 물었다. 하지만 그 질문이란 게 구체적이지 않고 방대해서 어떻게 답해야 할지 몰라 난감한 적이 한두 번이 아니었다. 내가 한국에 살면서 한국의 특징을 따로 고민한 적이 있었던가?

 너무나 익숙해서 질문조차 하지 않고 지나쳤던 한국의

정보를 프랑스에 살면서 더 관심을 갖고 찾아보게 되었다. 한번은 어학교 외국인 친구가 "한국 음식의 특징이 뭐야?"라는 물음을 던졌다. 참 답하기 어려운 질문이었다. 장 누벨 건축회사에서 일할 때는 동료들과 종종 비빔밥을 시켜 먹을 정도로 한국 음식의 인지도가 높았지만 15년 전만 해도 한국을 아는 사람은 거의 없었다. 친구의 질문에 어떻게든 답해주고 싶었던 내가 꺼낸 말은 고작 이런 것이었다.

"한국 사람들은 야채를 많이 먹어, 너 비빔밥 알아? 고기랑 생선도 많이 먹고……."

아…… 한국 음식을 이렇게 단순하게 표현해버리다니. 뒤늦게 밀려오는 부끄러움에 수도 없이 머리를 뜯었지만 그때는 그 문장들이 내가 만들 수 있는 최선이었다. 제대로 알지 못하는 질문에 답을 하는 게 버거워서 나는 화제를 다른 데로도 돌려보았다. 그러나 딱히 할 수 있는 이야기가 없어 대화는 이어지지 않았고 이후로도 말할 수 없는 질문 앞에서 답답함만 쌓이는 날들은 계속되었다.

직접 옷을 제작하며 만난 파리의 또 다른 모습

익숙한 한국 음식도 구체적으로 설명 못 하던 내가 어느 순간부터 폭발적으로 언어가 늘었다. 변화는 옷을 만들면서 시작되었다. 옷을 직접 제작하면서 의상을 소재로 말할 기회가 자주 생겼다. 어디를 가든 옷에 대해 물어보는 사람은 늘 존재했고 나 또한 그 질문에 즐겁게 대답할 수 있었다.

의상 제작과 관련된 책이나 잡지를 읽고 원단이나 부자재를 구입하면서 전문 용어에 익숙해진 것도 도움이 되었다. 건축이 아닌 의상이라는 수단으로 세상을 바라보고 이해하자 파리의 또 다른 모습이 보였다. 옷감을 사기 위해 파리 몽마르트르나 상티에 구역을 찾아가 새로운 장소를 발견하는 재미도 있었다. 자주 가는 상점의 판매원들과 말하는 일도 많아졌고, 2019년 SS20 파리 패션위크를 준비하며 만난 의상 업계 사람들과 샘플을 완성하며 보낸 수많은 시간들은 우리가 주고받은 이야기들로 가득 채워졌다.

좋아하는 것이 늘어날수록 대화의 주제 또한 다양해졌다. 의상을 시작으로 최근에 읽은 책과 글에 대해서도 하고 싶은 이야기가 많아졌고 같은 주제에 관심 있는 사람을 만나면 할 말은 더 무궁무진했다. 억지로 말을 이어가기 위해 신경 쓸 필요가 없었고 더 이상 "오늘 날씨 좋지 않아요?" 같은 어색한 질문으로 정적을 깨지 않아도 되었다.

예전에는 이야기 소재를 찾기가 어려우면 난감해질 만한 상황을 최대한 피했다. 하지만 재미있는 일을 꾸준히 하다 보니 저절로 말할 수 있는 주제들도 풍부해졌다. 특히 의상은 시각 정보가 즉각적으로 노출되는 장점이 있어 지하철에서, 길에서, 상점에서 처음 보는 사람들과 대화하는 일까지도 익숙하게 만들었다.

의상을 주제로 하면 회사에서도 직급에 상관없이 쉽게 대화가 시작되었다. 장 누벨 건축회사에 다닐 때 같이 일해 보지는 않았지만 안면이 있는 동료 옆자리에 앉은 적이 있었다. 늦가을이어서 겨울에 입을 옷을 만들어보고자 점심시간을 이용해 상티에 구역 원단 시장에 다녀온 후였다. 일에 집중하고 있는데 바닥에 놓인 하얀색 봉투 위로 삐져 나온 강렬한 초록색 울 원단을 보고 동료가 물었다.

"천 사러 다녀온 거야?"

"응, 날씨 추워져서 옷을 만들려고. 천이 초록 잔디밭을 깔아놓은 것처럼 독특하지?"

"그러게, 나쁘지 않아. 안감은 덧댈 거야?"

"아니, 안감을 대면 원단이 변형될까 봐 안에는 그냥 다른 옷을 입으려고."

"좋겠다. 원하는 대로 옷을 만들 수 있어서."

건축가만 100명인 큰 회사에서 같이 일하지도 않고, 직급도 다르다면 서로 말을 섞을 일은 거의 없었다. 하지만 접점과 상관없이 옷이라는 주제는 사람들의 호기심을 자극했다. 덕분에 옷을 직접 제작하면서 사람들과 훨씬 쉽게 친해졌고 더 이상 프랑스어로 말하는 상황도 두렵지 않게 되었다. 그만큼 의상은 국적, 나이, 직업, 직급을 벗어나 대화의 물꼬를 트는 중요한 요소였다.

누군가 프랑스어가 내게 어떤 의미인지 묻는다면 '나를 돌아보게 만드는 거울'이라고 말할 것이다. 언어는 단지 듣고 말하고 쓰는 도구가 아니었다. 프랑스어를 처음 배웠던 때를 시작으로 회피와 혼란으로 가득했던 시기, 그리고 안정적으로 프랑스어를 말하게 되기까지의 시간 동안 언어는 내가 어떤 태도로 삶을 대하는지 알게 해준 매개체였다.

프랑스에 산 지 대략 9년이 되었을 때 마침내 나는 내가 외국인이라는 사실을 잊을 정도로 프랑스어로 편하게 대화를 할 수 있었다. 그리고 동시에 내면에도 많은 변화가 일어났다. 정체성을 재정립하면서 취향이 늘어갔고 바닥이었던 자존감도 높아져 무엇을 해도 여유 있게 상황을 받아들이게 되었다. 그제야 말하기를 두려워했던 내가 이해되기 시작했다. 나는 단순히 단어를 모르거나 문법 실수를 할까 봐 대화를 어려워했던 게 아니었다. 나는 나를 설명할 수 없던 '나'를 드러내는 게 불편했던 것이다. 하지만 취향이 다양해지며 하고 싶은 말 또한 많아졌고 자연스레 무엇을 해도 여유를 가지는 내 모습을 발견하게 되었다. 이제는 말하기를 두려워했던 예전의 나를 제대로 바라볼 수 있다. 좋아하는 것을 더 오래 이야기할 수 있도록 앞으로도 계속해서 내 세계를 넓혀나가고 싶다.

건축회사 이력서가 된 나의 첫 의상 포트폴리오

이력서는 개인 광고지다. 능력과 경력을 문서화해서 스스로의 가치를 홍보하는 수단이기 때문이다. 안타깝게도 한 일자리에 지원한 사람이 여럿일 경우 나도 모르는 사이에 경쟁 속에 던져지기도 한다. 누구나 자신이 다른 누군가와 비교당할 수 있다는 사실을 암묵적으로 알고 있다. 누가 더 능력이 뛰어난지, 누가 더 뽑는 자리에 적합한지를 따져 결국 누군가는 붙고 누군가는 떨어지게 되니까. 그 모습이 제품을 고르듯 사람을 고르는 것 같아 참 마음에 들지 않는다. 불합격 후 왜 떨어졌는지 솔직하게 코멘트라도 달아준다면 보완이라도 할 텐데 불합격 안내는 대부분 애매모호하게 친절하다. '회사에 관심을 가져주셔서 고맙지만 현재 공석이 없다'라거나 '다음에 다시 연락드리겠다'라는 회답을 여러 번 받으면 그제야 그 말의 의미를 제대로 알게 된다. '다음에'란 기약 없는 기다림이라는 것을. 취업이 안 되면 능력이 없는 사람이 된 것 같아 좌절감과 무력감마저 느껴진다. 이런 상황을 반복해서 겪는 게 고통스러워도 취업을 위해서는 회사에서 요구하는 서류를 제출하고 결과를 기다릴 수밖에 없다.

사실 종이 한 장으로 사람의 능력을 판단하는 방식 자체가 모순이다. 종이 위에 표현할 수 없는 열정과 끈기, 인성 등을 이력서로 확인하는 데는 분명 한계가 존재한다. 대면 면접을 하긴 하지만 1시간 만에 어떻게 한 사람을 온전히 이해할 수 있을까. 이력서를 재정비할 때면 지나온 삶을 다시 들여다보는 것 같아 묘한 기분이 들기도 했다.

처음으로 이력서를 써본 건 2009년 건축회사에 인턴으로 지원할 때였다. 파리 건축학교를 졸업하려면 건축 관련 회사에서 최소 2개월 이상 일한 후 각자 정한 주제에 맞춰

리포트를 제출해야 했다. 실무 경험에 점수를 매긴다는 게 이상했지만 학생들은 교수 심사를 거쳐 20점 만점에 10점 이상의 점수를 받아야만 졸업이 가능했다. 게다가 그 수업은 필수 이수 학점이어서 일을 구하지 못하면 유급을 피할 수 없었다. 석사과정에 적응하느라 정신없는 와중에 회사에서 일해보는 걸 상상하니 두렵지만 흥분되기도 했다. 짧은 시간이나마 프랑스 건축 현장을 어깨너머로 배우는 경험은 확실히 의미 있을 것 같았다. 졸업하고 나서도 취업을 못 하면 한국에서 일을 찾을 생각이었기 때문에 그때만 해도 내가 프랑스에 장기 체류하게 될 줄은 꿈에도 몰랐다.

이력서를 작성하다 건축학교 입학 때 만든 포트폴리오가 떠올랐다. 이미 프랑스어로 작성을 해놓은 상태여서 메일로 보낼 간략 버전을 만들기만 하면 되었다. 그런데 이력서를 처음 쓰다 보니 어떻게 작성해야 할지 감이 잡히지 않았다. 인터넷에 이력서 작성법을 검색했더니 예상과 다르게 얼굴 사진을 넣은 것들이 대부분이었고 그마저도 환하게 웃는 사진뿐이었다. 배치와 구도, 사진의 색감까지 각양각색인 이력서에는 특별히 정해진 양식이 없어 보였다.

고민 끝에 나는 내가 원하는 방식으로 이력서를 디자인하기로 했다. 객관적으로 분석해봤을 때 공모전 수상을 제외하면 나는 다른 지원자보다 경쟁력이 없었다. 나이에 비해 경력은 부족했고, 게다가 나는 외국인이었다. 이런 조건들을 파악하니 내가 인턴 자리를 구하는 건 쉽지 않을 것이라는 생각이 들었고 결국 이력서 준비를 남들보다 먼저 시작하게 되었다. 다른 학생들이 보통 학기가 끝나는 6월부터 여름방학 전까지 일자리를 구한다면 나는 3월부터 서류를 작성해 지원을 해나갔고, 덕분에 운 좋게 4월부터 일을 할수 있었다. 학업과 인턴을 병행하느라 벅차기도 했지만 그때의 다양한 경험은 삶에 많은 활력을 주었다.

당시에 50여 군데의 회사에 지원했는데 회신이 온 곳은 단 두 곳이었다. 다행히 두 번째로 면접을 본 데소 건축사무소에서 긍정적인 답변을 받았고, 2014년까지 일한 그곳은 인턴과 비정규직을 거쳐 정규직, 권고사직까지 겪어본 나의 첫 직장이 되었다.

나는 누구인가

데소 건축사무소를 그만둔 후 나는 재취업을 위해 두 번째 이력서를 준비하게 되었다. 이력서를 작성한 건 졸업 전 인턴을 지원했을 때가 마지막이었다. 비어 있던 경력 부분을 채우며 지난 5년간의 시간을 되돌아보았고, 무엇보다도 그간의 경험을 토대로 나의 프로필을 냉철하게 분석해보기로 결심했다. 나는 어떤 위치에 있었을까?

외국인이자 한국인. 유학을 시작했던 때만 해도 한국을 아는 사람은 그다지 많지 않았다. 안다고 해도 동양의 한 나라 정도로 알고 있는 사람들이 대부분이었다. 나한테 국적을 질문할 때면 중국인, 일본인, 그다음에야 한국인인지 물어볼 정도였다. 한국 사람과 일해본 적이 있거나 한국에서 프로젝트를 해본 사람을 만나는 건 무척이나 운이 좋은 경우였다. 처음 취업한 회사에서는 그런 사람들을 만날 수 있었다. 사장인 올리비에는 같이 일했던 한국인 동료에게 깊은 인상을 받았다고 했다. 그래서인지 그는 한국에 대해 적지 않은 편견을 가졌음에도 대체로 우호적이었다.

회사가 작은 편인 덕분에 다수의 프로젝트에 참여하는 기회도 얻었다. 프랑스 공모전을 책임지고 진행시키기도 했고, 회사를 대표해 베트남으로 출장도 갔다. 하지만 이렇게 되기까지 나보다 경력이 적은 건축가가 빨리 승진하는 모습을 바라봐야만 했다. 그런 나를 보고 올리비에는 자신의 솔직한 생각을 말해주었다.

"주희가 프랑스어를 좀 더 원어민처럼 잘했으면 어떤 프로젝트라도 맡길 텐데……."

프랑스어는 노력한 만큼 빨리 늘지 않았다. '먹었어 밥을'이라고 표현하는 영어처럼 프랑스어는 한국어와 어순이 다른 데다, 명사와 형용사 앞에 붙는 여성과 남성 정관사에 익숙해지려면 외우는 수밖에 없었다.

한번은 동료들과 이야기를 하는 도중에 내가 '맥주 한 잔'을 "Un bière"라고 잘못 말해 동료가 맥주는 여성형이라며 "Une bière!!!"라고 큰 소리로 고쳐준 적도 있었다. 맥주가 뭐라고 그렇게 창피를 줄 것까지야…….

그리고 프랑스어는 인칭이나 시제에 따라 동사의 형태가 바뀌기도 한다. 나에게 프랑스어는 정말 복잡한 언어였고,

기존의 사고방식 자체를 바꿔야 하다 보니 짧은 시간 안에 늘 리도 없었다. 프랑스와 비슷한 언어를 사용하는 이탈리아나 스페인 사람들이 6개월만 공부하면 프랑스에서 4년을 산 나보다 훨씬 말을 잘하기도 했다. 나도 프랑스어가 빨리 늘기를 바랐지만 그러기 위해서는 공부를 열심히 하는 것은 물론이고 절대적인 시간도 필요했다. 국내 프로젝트 위주로 하는 건축사무소는 아시아계 외국인에게 크게 관심이 없었다. 프랑스와 같은 문화권인 유럽에서 온 젊고 능력 있는 건축가들은 많았고 지원자들끼리의 경쟁은 치열했으니까.

그런데 내가 프랑스에 사는 외국인이자 한국인이라는 것은 나의 단점이었을까? 지난 경험을 비추어봤을 때 외국인이라는 사실 자체가 단점은 아니었다. 프로젝트를 책임지고 발전시키면서 건축 외에 부딪혀야 하는 문화적, 사회적, 언어적인 문제를 헤쳐나갈 수 있다면 외국인이라는 정체성은 더 이상 문제가 되지 않았다.

남들보다 조금 더 많은 나이. 파리 건축학교를 졸업했을 때

내 나이는 28세였다. 한국에서 5년의 학사과정을 마치고 어학교 2년, 석사 2년 반의 과정을 거친 후였다. 동급생들의 나이가 23, 24세였으니 그들 기준에서 나는 4, 5년 경력의 건축가인 셈이었다. 경력이 적을 때는 비교적 낮은 봉급을 받더라도 건축 공부를 해봤다는 점 때문에 일을 쉽게 시작할 수 있었다. 나이가 많다고 해서 건축 실력이 더 낫다고 말할 수 없지만 취업할 때 다양한 경험에 점수를 더 준다고 하는 편이 정확할 듯하다. 실제로 나이, 경력, 성별을 기준으로 정리된 연봉표를 보기도 했다.

그러나 경력이 쌓일수록 나이는 단점이 되었다. 나이에 맞는 직무를 주기에는 내 경력이 애매했기 때문이다. 그때 깨달았다. 남들과 다른 속도로 갈 때는 틀림없이 그만큼 감당해야 할 부분이 생긴다는 걸.

학력. 나는 한국에서 건축학사, 프랑스에서 건축석사를 수료하고 프랑스 공인 건축사도 취득했다. 프랑스에서 건축을 전공한 사람들이라면 대부분 비슷한 과정을 밟기 때문에 딱히 특별하지는 않은 이력이다. 어머니의 권유로 건축학과에 입학한 후 약 10년 동안 건축만 공부했다. 다른 과를 지원할 생각조차 안 한 걸 보면 꿈이란 게 없었던 것 같다. 대학 입학 후에도 건축에 큰 흥미를 느끼지 못하던 나는 3학년 설계 수업에서 만난 교수님 덕분에 건축을 향한 열정을 품기 시작했다. 흥미가 늦게 생긴 만큼 건축을 더 공부하고 싶다는 욕심이 커졌고 결국 나는 유학을 가기로 결정했다.

어머니는 "건축은 여러 분야를 공부하면서 인간적인 성장을 끊임없이 할 수 있는 학문 같다"라고 말했다. 그때는 그 말이 무슨 의미인지 몰랐는데 지금은 알 것 같다. 건축 공부에는 끝이 없다. 정년도 없어서 펜을 스스로 놓기 전까지 일할 수 있다. 나이가 들수록 더 성숙한 건축을 할 가능성이 높아진다는 점, 그리고 다른 분야를 알면 알수록 좋은 시너지를 낼 수 있다는 점이 바로 건축이 가진 매력이다.

실무 경력. 건축학교 졸업 전 6개월의 인턴을 시작으로 비정규직에서 정규직까지 총 5년 동안 데소 건축사무소에서 일했다. 한 회사에서만 일했다는 것은 관점에 따라 다양하게 해석되었다. 도미니크 페로 건축사무소에 면접을 보러 갔을 때는 한곳에서 오래 일한 경험을 장점으로 봐주었다. 단점이라면 다른 회사 시스템에 빠르게 적응하기 어려워 보인다는 것이었다. 아무래도 회사 규모에 따라 프로젝트 종류와 일하는 방식이 다르기 때문이었다. 그리고 한 회사에 오래 있다 보면 자신의 성향에 맞는 건축을 접해볼 기회가 적은 것도 사실이었다.

수상 경력. 실무 경력 외에도 나는 꾸준히 개인 공모전에 참여했다. 대부분의 수상 경력은 한국에서 참여한 공모전이었고 나머지는 석사 때 참여한 벨기에 공모전 입선, 회사를 다니면서 참여한 스페인 IMOA 건축 공모전 대상 수상이었다. 수상 경력은 건축에 대한 열정을 효과적으로 보여주는 방법이었다. 대부분 콘셉트를 제안하는 공모전이어서 현실 가능성과는 거리가 멀었지만 건축적인 사고체계와 그래픽 표현 방식을 연습하기에는 좋은 수단이었다.

건축 외 경험. 건축 자재와 자재 서적 관리, 회사 소책자 그래픽 디자인도 건축을 하는 데 필요한 경험이었다. 하지만 무엇보다 그때 나에게 빼놓을 수 없던 일은 바로 의상 제작과 디자인 연구였다! 의상 제작을 꾸준히 취미로 한 지 1년쯤 되었을 때였다. '의상'이라는 단어가 떠오른 순간 나는 이 이야기를 이력서에 넣기로 마음먹었다. 건축과 관련 없는 관심사에 고용주가 어떻게 반응할지 감이 안 잡혔지만, 그저 나의 디자인 연구가 거실에서만 머물지 않기를 바랄 뿐이었다. 기왕 넣기로 했으니 시각적인 정보를 추가해서 더 큰 의미를 부여하는 것이 나아 보였다. 그렇게 의상 포트폴리오를 만들어나갈수록 건축 포트폴리오와 의상 포트폴리오를 같이 보내는 게 큰 문제가 되기보다는 나를 차별화하는 방식이 될 거라는 확신이 들기 시작했다.

남들과 다른 나만의 독특한 가치

비슷한 경력의 프랑스인 건축가와 경쟁한다면 나의 이력서는 특별할 것이 없었다. 오히려 불합격할 가능성이 높았다. 하지만 내 이력에 모든 사람이 흥미를 느끼지 않더라도 적어도 나의 열정을 높이 사는 사람이 한 명쯤은 있지 않을까라는 기대를 품어보기로 했다. 무엇보다 그러는 게 스스로를 위해서도 좋을 것 같았다.

그때까지 만든 옷을 모아서 포트폴리오로 만드는 일은 예상보다 흥미로웠다. 따로 모델이 없으니 나 자신이 모델이 되었고, 스튜디오에 가서 사진을 찍을 돈도 없어서 17구에 있는 집이 작은 스튜디오로 쓰였다. 하얀 거실 벽면을 배경으로 활용하기 위해 가구를 한쪽으로 치우고 나서는, 옷을 하나씩 입어가며 10초로 맞춘 카메라 타이머에 따라 셀프 사진을 찍었다. 블루투스 리모컨이 있는지도 모를 때였다. 수십 번 방과 거실을 왔다 갔다 하며 마음에 드는 사진이 찍히면 다음 옷으로 갈아입고 다시 새로운 포즈를 취했다. 몸을 앞, 뒤, 오른쪽, 왼쪽으로 돌려가며 사진을 찍다 보니 내 몸이 입체적인 건축물이 된 느낌이었다. 전문 모델이 아니어서 동작이 마음에 들지는 않지만 포토샵으로 얼굴은 다 없앨 생각이라서 상관은 없었다. 그렇게 사진을 찍은 후에 콘셉트를 설명하는 표를 만들어 나의 첫 의상 포트폴리오를 완성할 수 있었다.

면접을 보게 된 회사는 도미니크 페로 건축사무소와 장 누벨 건축회사였다. 두 곳 모두 유명한 건축회사였기에 나는 서류 합격 소식에 적지 않게 놀랐다. 적어도 나의 시도가 나쁜 결과는 아니어서 다행이라는 생각이 들었다. 장 누벨 건축회사에서 면접관으로 들어온 사람은 스튜디오 책임자인 스테판이었다. 그는 건축 외에 자신이 좋아하는 일에 몰입하고 꾸준히 관심을 갖는 것이 중요하다고 말했고, 그의 관점 덕분에 나는 그곳에서 새로운 경험의 기회를 얻게 되었다.

남들과 같은 방식으로 하면 경쟁 구도에 갇히고 만다. 아무리 노력하더라도 나보다 잘하는 사람은 있을 수밖에 없다. 경쟁은 끝이 없어서 만족하기도 쉽지 않다. 비교를 시작하면 항상 다른 사람을 기준으로 자신을 평가하게 되고, 결국 충분히 잘하고 있음에도 늘 부족한 느낌이 따라붙는다. 남들보다 잘하는 것이 아니라 그들과 다른 나만의 가치를 갖고 있다면 어딘가에는 필요한 사람이 될 가능성이 많아지지 않을까. 그게 과연 무엇일지는 누구도 아닌 오직 나만이 찾을 수 있다.

프랑스 친구들 1: 나의 사업 파트너

프랑스, 이탈리아, 한국, 알제리, 베트남, 스페인, 스위스, 폴란드, 영국, 독일, 포르투갈, 대만, 네덜란드, 뉴질랜드, 태국, 중국, 아이슬란드, 일본, 모로코, 멕시코, 그리스, 이스라엘……

여행으로 가본 나라가 아닌 내가 프랑스에서 만난 사람들의 국적이다. 지난 시간을 떠올리며 순서대로 적어봤는데 모아놓고 보니 '이렇게나 많았나' 하는 생각이 절로 든다. 직장, 학교, 헬스장, 거래처까지 일상에서 가볍게라도 알고 지내던 사람들의 국적은 예상한 것보다 훨씬 다양했다.

프랑스에 정착한 지 얼마 안 되었을 때는 길거리에서 마주치는 백인은 당연히 프랑스인이라고 생각했다. 다른 국적의 사람일 거라는 상상은 전혀 못 한 채 누군가 내게 말을 걸어오면 프랑스어를 이해하기 위해 온 신경을 집중했다. 그들 또한 나와 같은 처지의 외국인이었는데 말이다. 신기하게도 나라별로 차이가 나는 특유의 악센트를 반복해 들으면서 웬만한 국적을 구분할 수 있게 되었다.

아프리카인과 아랍인은 주변에서 쉽게 마주쳤다. 처음에는 그들이 낯설어서 어찌할 바를 몰랐는데 자주 보다 보니 차츰 익숙해졌다. 그중 내게 많은 도움과 인간적인 감동을 주었던 친구는 알제리인 아슈르였다. 아슈르를 만나게 되면서 처음 접하는 알제리 문화에 관심이 생겼는데 요즘도 가끔씩 찬바람이 불면 따뜻한 국물 안에 채소가 듬뿍 들어간 쿠스쿠스(couscous)가 떠오르기도 한다. 그리고 그가 보여 준 알제리 문화에 대한 자부심과 활력까지도. 사용하는 언어 외에는 많은 것이 다른 사람들과 섞여 살았던 외국 생활은 알게 모르게 나의 사고방식에 적지 않은 영향을 주었다.

내면의 변화를 알아차릴 기회는 우연히 찾아왔다. 건축 설계만 하던 내가, 디자인에 몰두했던 내가 학부모라는 낯선 존재가 되어야 했던 장소, 바로 한국의 어린이집에서였다. 실외 놀이터에서 뛰어노는 아이들과 인솔하는 선생님을 보고 있자니 문득 그런 생각이 들었다.

'아이들도 선생님도, 전부 한국인이네!'

프랑스에서 본 사람들의 모습과 대조적이어서였을까, 한국인만 있는 어린이집의 풍경이 왠지 모르게 낯설게 느껴졌다.

프랑스에 체류한 지 몇 해 되지 않을 때였다. 선생님의 지도하에 다양한 인종으로 구성된 20명 남짓의 아이들을 길에서도 지하철 안에서도 자연스레 발견할 수 있었다. 나는 인종이 다른 아이들이 짝을 지어 웃고 떠드는 모습이 시야에서 사라질 때까지 눈을 떼지 못하고 바라봤다.

길에서 마주치는 대부분의 아이들은 유럽인이었지만 아랍인과 아프리카인, 동양인도 흔하게 눈에 띄었다. 여러 국적의 사람들이 섞여 있는 길거리는 프랑스의 인종 분포를 가늠하게 해주는 축소판이었다.

이런 모습을 자주 접하게 되자 내 안에서 떠돌며 교차하던 여러 이미지들이 뚜렷한 하나의 생각을 불러일으켰다.

내가 프랑스에 온 지 7, 8년이 되어서까지 힘들었던 이유는 다름 아닌 사람 때문이었다. 같은 국적의 사람끼리도 이해하기 힘들 때가 있는데 다른 문화의 사람들과 프랑스어로 대화하며 마찰이 생기는 건 전혀 이상할 게 없었다. 누군가에게는 프랑스어가 모국어일 테지만 누군가에게는 외국어였기에 언어의 간극은 쉽게 좁혀지지 않았다. 그리고 오랜 시간이 지난 후에야 나는 아주 사소한 차이조차도 오해나 갈등을 일으킨다는 것을 이해하게 되었다.

사람들끼리 눈을 마주치는 일만 해도 프랑스와 우리는 다르게 해석한다. 프랑스에서는 대화할 때, 식사할 때, 계산할 때, 심지어 술잔을 부딪칠 때도 사람들의 눈을 쳐다보지 않으면 무례한 사람으로 보거나 다른 의도가 있다고 여긴다. 심지어 여러 명과 함께하는 술자리에서는 한 명씩 눈을 마주치며 술잔을 부딪치기도 했다. 건배사를 하는 사람도 있었는데 보통 건강과 관련된 말이 많았다. 술을 마시면서 건강을 기원하다니. 모순적이지만 아무 말 없이 눈만 바라보며 잔을 부딪치는 것도 이상하기는 마찬가지였다.

"친친(tchin –tchin, 건배)"

"상테(santé, 건강을 위하여)"

"아라티엔(À la tienne, 당신의 건강을 위하여)"

한국에서 살 때는 건배를 할 때 대부분 술잔을 봤다. 정면에 앉은 사람을 보기도 했지만 그렇다 하더라도 주로 인중이나 입술을 봐야 상대방이 덜 부담스러워했다. 프랑스 생활 초창기에는 나도 모르게 한국식으로 건배를 해서 프랑스인 동료가 어떻게 술잔을 부딪쳐야 하는지 설명을 해주기도 했다. 아마 건배를 하는 나의 행동이 이상해 보였던 듯하다.

물론 모든 사람이 그렇게 친절하게 설명해주지는 않았다. 대다수는 외면하거나 배척했는데 그럴수록 나는 불필요한 오해를 사지 않기 위해 의식적으로 상대방의 눈을 보려고 했다. 처음에는 눈빛을 교환하는 데 익숙해지지 않아서 힘들기도 했지만, 사람은 역시 적응하게 되는지 나중에는 사람들이 내 눈을 쳐다보지 않으면 섭섭함을 느낄 정도로 눈빛 교환이 편해졌다. 반대로 생각해보면 이런 행동이 한국에서는 무례하게 받아들여질 수도 있다. 내가 상대방의 눈을 빤히 쳐다보면서 이야기한다면 아마 괜한 오해를 사게 되지 않을까?

해가 지날수록 나는 다름의 소용돌이 안에서 살아가는 방법을 터득했고 여러 각도로 사람들을 이해하려고 노력했다. 유연하게 사고하지 않으면 내가 부러질 것만 같았기 때문이다. 그래서인지 나는 어느 때보다 안정적인 사회생활을 해나갔다. 처음부터 이렇게 살았더라면 얼마나 편했을까 싶을 정도로 만족스러운 일상이었다. 이때 온몸으로 부딪쳐 배운 것들은 삶의 태도로 자리 잡아 이후 사업을 하면서 다양한 직업, 인종, 나이대의 사람들을 만나더라도 큰 문제 없이 소통할 수 있게 해주었다.

돌이켜보면 나를 힘들게 했던 건 문화 차이에서 발생하는 오해나 갈등이 아니었다. 나를 정말 힘들게 했던 건 오해나 갈등을 건강하게 다루지 못한 내 편협한 생각과 판단이었다. 이질적인 문화 간의 충돌은 언제든 일어나는 일이었는데 그걸 어떤 방식으로 풀어가는지 그때의 나는 알지 못했다.

다문화 국가답게 프랑스 사람들은 꽤 개방적인 사고관을 갖고 있었다. 자신들의 문화에 대해서도 좋고 싫음을 당당히 말하며 외국 문화를 향한 호불호도 솔직하게 표현하는 태도가 내가 지켜본 프랑스 사람들의 모습이었다. 그들을 보며 다름을 인정하는 것이 소통의 시작임을 깨달았다. 프랑스 사람들은 대체로 말이 많았다. 싫다면 왜 싫은지, 좋다면 왜 좋은지, 이 음식을 먹어봤는지, 이곳에 가본 적이 있는지 등 프랑스 사람들은 자신의 생각과 경험, 판단을 말로 표현하는 걸 즐겼다. 처음에는 그들의 솔직함이 불편했지만 마냥 듣고만 있으면 대화를 이어갈 수 없으니 결국 말수가 없던 나조차 프랑스 사람들처럼 모든 걸 말로 표현하는 사람이 되어갔다.

"김치 냄새 정말 이상해. 웩, 김치 정말 별로야!"부터 "이거 완전 맛있다. 뭐라고 불러? 어떻게 만드는 거야?"까지 같은 한국 음식이어도 반응은 제각각이었다. 나도 말로 표현하는 게 많아지면서부터는 그들의 솔직한 반응에 더 이상 상처받지 않았다. 그저 나의 식문화를 소개하며 같이 식사를 하는 시간과 경험 자체를 즐기는 일에 만족하게 되었다.

각자의 문화가 있을 뿐 어떤 문화가 더 좋은지 나쁜지 판단할 필요는 없었다.

프랑스에도 폐쇄적인 부분은 존재했다. 예상 외로 프랑스 국적이 아닌 사람이 프랑스 사회 깊숙이 들어가기는 쉽지 않았다. 백인은 백인, 흑인은 흑인, 동양인은 동양인, 아랍인은 아랍인끼리 공동체를 형성했고 심지어 인종에 따라 사는 구역이 다르기도 했다. 그렇다고 사람들이 인종별로 벽을 세운 채 살지는 않았다. 직장이나 학교 어디에서든 사람들과의 교류는 가능했고 단지 사람에 따라 다름을 대하는 방식과 태도에 차이가 있을 뿐이었다.

나를 배척했던 프랑스인들과는 지금까지도 연락하는 사이가 되었고, 서로의 디자인 세계를 이해하고 의견을 공유할 수 있는 이탈리아인과 사업을 하기도 했다. 지구 반대편에서 나보다 나를 더 이해하는 사람을 만나리라고는 상상도 못 했는데 말이다. 물론 친해지지 못한 사람도 많다. 하지만 서로를 이해하기까지 시간이 걸릴 뿐 언어, 인종, 문화의 차이가 사람을 사귀는 데 걸림돌은 아니었다. 나를 힘들게 했던 것은 사람이었지만 외로운 타지 생활을 버티고 앞으로 나아갈 수 있도록 해준 것 또한 사람이었다.

사업 파트너 에르네스토

에르네스토는 이탈리아인인데, 정확히 말하자면 이탈리아 남단에 있는 섬 시칠리아가 고향인 친구다. 그의 말에 따르면 시칠리아는 이탈리아 타 지역과 문화가 다르다고 한다. 시칠리아에 사는 그의 가족들과 함께 여름휴가를 보내기도 했는데, 실제로 시칠리아는 이탈리아와는 정말 다른 분위기를 풍기고 있었다.

에르네스토를 처음 만난 건 장 누벨 디자인회사에서였다. 에르네스토의 첫인상은 꽤 인상적이었는데 그 역시도 마찬가지였나 보다. 에르네스토는 나를 처음 봤을 때 외계인이 회사 안으로 들어오는 줄 알았다고 했다. 그때 나는 어깨와 골반 부분에 볼륨이 들어간 호리병 모양의 옷을 입고 있던 터라 그의 시선을 끌기에 충분했다.

나 또한 에르네스토가 이상한 사람처럼 보였다. 왜소하

지만 다부진 체격, 작은 얼굴에 비해 큰 눈, 짙은 갈색 눈동자와 긴 코까지 동서양이 묘하게 섞인 모습에는 그가 대머리였는지 기억나지 않을 정도로 집중하게 하는 무언가가 있었다. 나중에 알았지만 에르네스토는 디자인 팀의 책임자, 아트디렉터였다. 나이를 가늠하기 어려운 옷 스타일과 앳된 얼굴, 자유분방하고 어린아이 같은 행동 때문에 그의 높은 직책을 듣고 놀랐던 게 생각난다.

디자인 팀에 들어가 내가 처음으로 한 일은 낯설지만 흥미로운 작업인 조립식 건축물 설계와 제품 디자인이었다. 나는 주로 에르네스토와 일했기 때문에 자연스럽게 그와 많은 대화를 나누게 되었는데 인생관부터 가치관, 디자인 관점과 건축 성향까지 굳이 많은 설명을 하지 않아도 나는 그의 말에 공감할 수 있었다. 프랑스 파리에서 이탈리아인과 이렇게 말이 잘 통할 줄이야! 서로를 알게 된 지 2년 만에 우리는 동업을 하기로 결정했다. 그렇게 나는 안정적인 직장을 그만두었고 그는 15년간 열정을 쏟았던 회사 생활에 마침표를 찍었다.

"우리는 연인보다 더 복잡한 사이야. 왜냐하면 돈까지 엮

여 있잖아."

에르네스토는 이 말을 자주 했는데 맞는 말이기도 했다. 우리는 사이가 틀어져도 볼 수밖에 없었다. 365일 중 거의 매일 만날 정도로 가까이 지내다 보니 결국에는 우리의 크고 작은 문제들이 수면 위로 드러났고, 더는 그 문제를 여유롭게 받아들일 수 없을 정도로 사이가 나빠져 있었다. 세상에 누구보다 나를 이해해줄 사람이라 믿었지만, 어쩌면 그렇게 믿고 싶었는지도 모른다. 끊임없는 소통과 대화 없이 유지할 수 있는 관계는 존재하지 않았고 무엇보다 각자의 상황이 너무도 달랐다. 그는 오랜 직장 생활을 그만두고 휴식없이 처음 해보는 사업에 뛰어들었다면 나는 5년간 쌓아온 아이디어를 실행하는 걸 잠시 미루고 새로운 프로젝트를 발전시키는 데 많은 에너지를 소진한 상태였다. 그리고 그때 깨달았다. 아무리 비슷한 디자인 관점을 가졌더라도 목적이 다르면 일을 진행시키기 어렵다는 사실을. 친한 사이였던 우리는 불편한 사항을 솔직하게 전달하지 못하고 대충 넘기는 실수를 반복했다. 돈이 들어가는 만큼 사업은 뚜렷한 목적과 계획이 필요했고 이를 실현시키기 위한 각자의 역할도 분명해야 했는데 말이다.

현재 에르네스토는 예전부터 하고 싶어 했던 예술 작품을 만드는 일에 전념하며 지내고, 나는 글을 쓰면서 지갑 프로젝트를 준비하는 중이다. 앞으로 그와 어떤 방식으로 다시 만나게 될지 모르고 결국 함께 작업을 못 하게 될 수도 있다. 하지만 자신의 길을 꿋꿋이 갔으면 하는 동료가 좋아하는 일에 전념하는 모습을 보는 것만으로도 긍정적인 에너지를 받으며 나 또한 새로운 목표를 키워나갈 힘을 얻는다.

자신의 일에 푹 빠진 파리의 재봉사

그녀는 강한 열정의 소유자였다. 얼굴에 잡힌 주름과 백발의 머리카락으로 나이가 꽤 많을 거라 짐작했지만 그녀에게 나이는 아무런 의미가 없어 보였다. 몸에서 풍기는 긴장감과 활력은 작은 체구를 뚫고 나와 주변 사람들을 압도했고 진지하고 짙은 눈빛은 얼굴을 쳐다보지 않고는 말할 수 없게 만드는 힘이 있었다. 까랑까랑하고 확신에 찬 목소리, 나는 그녀가 자신의 일에 푹 빠진 사람이라는 것을 한눈에 알아보았다. 샹젤리제 근처 파리 9구 재봉실에서 만난 재봉사는 나이와 분위기를 감안했을 때 심상치 않은 내공을 드러내고 있었다. 나는 패션 분야를 잘 알지도 못하고 작업 방식에도 익숙하지 않았지만, 그럼에도 그녀는 믿어도 괜찮을 사람이라는 생각이 들었다.

4주 안에 모든 샘플을 만들어줄 수 있다고 했던 재봉사가 미처 예상하지 못한 부분은 지퍼였다. 의상 패턴이 꽤 심플해 보여서 쉽게 완성할 줄 알았지만 작업은 결코 간단하지 않았다. 게다가 그 당시 준비하고 있던 패션위크에서 선보일 의상 대부분에는 지퍼를 감추기보다 원단 위에 박음질하는 경우가 많았기 때문에 상당한 정확성이 필요하기도 했다. 프로젝트를 잘 아는 내가 아침 10시부터 자정까지 만들어도 샘플 하나를 완성하리라는 보장이 없었다. 전문가가 만든다면 결과가 다를 거라고 기대한 것이 화근이었다. 짧은 시간에 대량 생산이 가능한 디자인을 만들었다고 생각했는데 현실은 예상과 완전히 달랐다. 실제 현장에서 어떻게 작업하는지, 그리고 어떤 과정으로 일이 진행되는지 전혀 모른 채 디자인만 생각하다 생긴 결과였다. 그제야 프로젝트를 시작했던 2년 전부터 제작자와 같이 디자인을 발전시켜야 했다는 걸 깨달았다.

재봉사는 계속해서 이 말을 반복했다.

"다음에는 패턴을 나랑 같이 완성해야 해!"

처음에는 알지 못했던 그 말의 뜻을 패션위크가 끝나고 나서야 이해할 수 있었다. 완벽한 아이디어란 없었다. 전문가들과 협업하면서 콘셉트를 구체화하고 기술적인 부분을 보완해야 완성도 높은 디자인이 만들어진다는 사실을 나는 너무 늦게 알았다. 건축에서도, 제품 디자인에서도 밟아왔던 과정을 왜 의상 디자인에서는 간과했을까?

재봉사는 우리가 패션 쪽에 경험이 없다는 것을 알았지만 프로젝트가 흥미로웠고 새로운 주제라서 돕기로 마음먹었다고 했다. 나중에 들었지만 동업자인 아들은 그녀의 결정을 반대했다고 한다. 그러나 재봉사는 자신의 선택이 옳다고 재차 강조하며 말했다.

"내가 하고 싶으면 하는 거야. 나는 안 해본 일, 새로운 일에 도전하는 것을 두려워하지 않아!"

아쉽게도 패션위크에서 원하는 결과를 얻지 못했지만 그녀가 창작을 대하는 태도는 확실히 배울 만했다. 나이가 들더라도 모험을 주저하지 않기란 쉽지 않을 것이다. 정체되지 않고 끊임없이 앞으로 나아가는 삶이란 생각 이상으로 장애물이 많지 않을까? 하지만 그런 삶을 몸소 실천하는 사람을 만난 경험만으로도 패션위크에 참여한 보람은 충분했다.

문득 그때의 대화를 떠올리다 이인삼각이 생각났다. 두 사람의 맞닿은 발목을 묶고 함께 달려야 해서 협동이 필요한 시합. 나의 왼발이 상대방에게는 오른발이 되어야 뛸 수 있는데 미리 말을 맞추지 않으면 몇 발짝도 못 가서 주저앉고 만다. 분명히 혼자 뛸 때보다 느리고 넘어질 확률도 높을 것이다. 여기에 만약 둘이 뛰는데 혼자 뛸 때처럼 '왼발' '오른발' 구호를 외친다면 더더욱 쉽게 균형이 깨지기도 한다. '안! 밖! 안! 밖!'처럼 두 사람 모두에게 해당하는 구호를 외칠 때에야 실수를 조금이라도 줄일 가능성이 높아지는 경기, 즉 이인삼각은 두 사람이 납득할 수 있는 구호로 호흡을 맞춰가는 과정이 핵심이다. 운동회에서 이인삼각을 하면 혼자 뛰는 사람을 볼 때보다 더 긴장되는 마음으로 응원했다. 그러나 머리로 아는 사실을 행동으로 실천하는 것은 여간 어려운 일이 아니었다.

에르네스토와 동업할 때 힘든 시간을 보내며 스스로를 보고 싶지 않을 만큼 화가 나고 속이 뒤틀린 적도 많았다. 단순히 문화나 언어, 성격 차이 때문만은 아니었다. 다른 사람과 의견을 공유하고 함께 결정하는 일은 그만큼 간단하지 않은 과정이었다.

같이 걷기 위해서는 많은 에너지가 필요하다. 혼자라면 다른 사람과 의사소통하려는 노력보다 자신의 역량을 개발하는 데 집중하면 된다. 그러나 나는 혼자서는 멀리 오래 갈 수 없다는 것을 이제는 안다. 서로의 관점을 주고받으며 발전시킨 창작물은 혼자서는 절대로 만들지 못하는 것이었다. 그렇게 탄생한 결과물은 상상 그 이상이었고 강한 자극을 주기도 했다. 혼자 일하면 빠르게 갈 수는 있어도 이미 알고 있는 틀 안의 결과물을 만들 가능성도 높다. 물이 흐르지 않고 고여 있으면 썩듯이 생각도 마찬가지다. 아무리 노력한 다 한들 내 머릿속에서 나오는 생각은 한정적일 수밖에 없 다는 진실. 넘어질 가능성이 높아도 같이 일어서며 다시 호 흡을 맞출 가치는 이것만으로 충분하지 않을까.

프랑스 친구들 2: 인생에 모범 답안은 없다

많은 글을 써왔지만 책이 될 글을 쓰는 일이 제일 어려웠다. 과거의 선택과 지금의 선택을 수없이 되새겼지만 정리되지 않은 생각은 역시나 글로 잘 써지지 않았다. 지우고 또 지우고 몇 번을 다시 썼는지.

지난 시간을 거슬러 내 선택의 과정을 이해해보려 하고, 그때의 감정을 떠올려보며 사람들과 했던 대화 속으로 다시 들어가보기도 했다. 어쩌면 나의 친구들에게서 답을 찾을 수 있겠다고 생각하면서.

개성과 도전을 최고의 가치로 삼은 건축 책임자

2019년 돌체앤가바나 스토어 신축을 위해 인테리어 책임자 필리포와 건축 파트 책임자가 서울을 방문했다. 그때 나는 여름휴가차 서울에 머물렀는데 필리포의 제안으로 그들이 묵고 있는 호텔 근처에서 같이 저녁 식사를 하게 되었다. 건축 파트 책임자와는 일한 적은 없어도 안면이 있었기에 저녁을 먹으며 꽤 많은 이야기를 나눌 수 있었다. 진로에 대한 고민이 컸던 나는 장 누벨 건축회사에서 20년 넘게 일한 책임자에게 물었다.

"왜 직접 건축회사를 차리지 않았어?"

낯선 질문이 아닌 듯 그녀에게서 바로 대답이 나왔다.

"내 사업을 할 수는 있지. 하지만 장 누벨 건축회사에서 하는 만큼 흥미로운 프로젝트를 하기는 어렵잖아!"

건축이라는 분야에서는 두각을 드러내기가 쉽지 않았고, 건축가의 도전 의식을 불러일으키는 프로젝트를 하는 경험 또한 정말 흔하지 않았기에 나는 그녀의 말을 납득할 수밖에 없었다. 건축가로 일하는 동안 전 세계의 이목을 끌 만한 프로젝트 기회도 쉽게 오지는 않을 것이다. 아니 거의 없다고 볼 수 있다. 그녀는 자신의 이름으로 지어지지는 않았지만 개성 있고 도전적인 건축을 할 수 있다는 점을 중요한 가치로 삼는 사람이었다.

계속해서 자신을 실험하는 필리포

이탈리아에서 디자이너로 활동하며 자신의 이름으로 가구를 출품했던 필리포. 그도 현실적인 문제 앞에서는 현실적인 선택을 하게 되는 것인지, 경제적인 문제로 일자리를 알아보던 중 장 누벨 건축회사에 취업해서 파리로 왔다고 했다. 졸업 후 회사에서 경력을 쌓고 진로를 결정하는 경우는 많이 봐왔지만 그 반대는 처음이었다. 남다른 이력을 가진 그가 과연 어떤 것들을 보고 느꼈을지 궁금했다. 나 또한 사업 실패 후 재취업을 고민하며 회사를 알아보기도 했으니 비슷한 경험을 한 필리포에게서 무언가를 들을 수 있을 것 같았다.

"필리포, 파리에 온 거 후회 안 해?"

"글쎄. 장 누벨 건축회사에서의 경험이 없었다면 아마 현재의 모습은 달랐을 거야. 내 사업은 아니지만 현장에서 만나는 다양한 이력의 사람들과 일하고 경쟁하면서 혼자 있을 때와는 다른 방식으로 성장할 수 있었거든. 무엇보다 그때는 경제적으로 독립하는 게 최우선이었어."

"그럼 계속 회사에서 일할 거야?"

"아직 구체적인 계획은 없지만 예전 경험을 토대로 앞으로 어떤 일을 하고 싶은지 좀 생각해보려고. 나는 실험적인 프로젝트를 나만의 방식으로 계속할 거야. 그러려면 일단 시간이 필요하고, 지속해나가려면 돈도 필요할 테니까. 먹고는 살아야 하잖아. 그리고 무엇보다 내가 하는 일이 잘될 거라 믿어! 사실 나를 끊임없이 실험해보고 싶기도 해. 내 아이디어와 능력, 정신이 어디까지 갈 수 있는지 확인해보려고. 그게 나를 행복하게 만드니까!"

어떤 상황이든 긍정적으로 바라보던 필리포의 태도가 드러나는 말이었다. 늘 예상치 못한 상황이 닥치기도 하는 인생을 살며 예상보다 느리게 갈 수도, 심지어 반대 방향을 선택할 수도 있다. 그래서 때로는 남들과 비교하며 조급함을 느끼기도 한다. 막상 기가 막힌 아이디어가 눈앞에 있다 해도 그것을 세상에 끄집어내려면 시간이 필요하고, 그 시간을 버텨내려면 돈도 필요하다. 더구나 좋은 아이디어는 그냥 나오지 않는다. 끊임없이 노력해야 겨우 얻어낼 수 있는, 즉 생각을 멈추지 않고 계속해서 성장해야 가능한 일이다. 그는 그의 방식대로 자신이 처한 상황에 적응하면서 무엇을 할 때 가장 행복한지, 어떻게 해야 스스로 설정한 궁극적인 목적을 놓지 않을지를 고민하며 노력하고 있었다.

이상과 현실을 꿰뚫어보는 마갈리

장 누벨 건축회사를 다닐 때 전 동료이자 동갑내기 친구인 마갈리와 종종 함께 점심을 먹었다. 그녀는 데소 건축사무소에서 일반 직원으로 입사해 임원까지 승진할 정도로 유능한 건축가였다. 두 아이의 엄마로 쉬지 않고 일하는 마갈리를 보며 항상 대단하다고 느꼈다. 그녀는 내가 하는 일을 항상 응원해주고 관심을 보내주었는데 어느 날 마갈리와 점심을 먹으며 일에 대해 이야기를 할 때였다.

"마갈리, 너의 이름으로 건축하고 싶지 않아?"

모든 조건을 갖춘 그녀가 자기 사업을 하지 않는 이유가 궁금해서 물었는데 그녀는 주저 없이 대답했다.

"아니, 나는 복잡한 일을 하고 싶지 않아. 회사를 운영하는 게 쉽지 않잖아."

그녀는 건축 자체보다는 건축이 아닌 일이 더 힘들다고 말했다. 임원이다 보니 건축 일 외에도 행정 업무나 인사 관리도 신경 쓸 수밖에 없었고, 사람들과 부딪히는 일도 만만치 않다고 했다. 마갈리의 대답을 듣고 나니 건축가인 남편과 마갈리가 건축회사를 같이 창업하는 게 쉬울 것이라 판단한 내 편견을 반성하게 되었다. 자신이 무엇을 하고 싶고 할 수 있는지에 대해 많은 고민을 한 마갈리의 모습을 보고 나자 나도 내가 하고 싶은 일이 무엇인지 더욱 진지하게 고민할 수 있었다.

디자인과 건축의 시너지를 꿈꾸는 박원민

파리에서 알게 된 동갑 친구 박원민. 꽤 폐쇄적인 유럽 디자인계에서 단단히 입지를 다져 활동하는 그는 유명 갤러리에 소속된 아티스트 가구 디자이너였다. 장 누벨 디자인 회사에서 일할 때 그는 높은 인지도를 자랑했는데 대부분의 동료 디자이너들이 그의 작품을 알고 있을 정도였다. 그런 그가 건축 일을 해보고 싶다며 런던에 있는 건축학교 석사과정에 입학해 설계 수업을 듣는다고 했다. 건축에 관심이 많다는 것은 알았지만 학교로 돌아가 진지하게 공부할 정도일 줄은 몰랐었다. 과감한 결정을 내린 이유가 궁금했던 나는 그에게 조심스럽게 질문을 던졌다.

"디자이너로서 잘되어가는 중인데 건축이 왜 하고 싶어?"

"오랜 노력 끝에 내 분야에서 어느 정도 자리를 잡게 되었는데 그러고 나니 활동 영역을 더 넓히고 싶더라고. 건축과 예술 중 무엇을 할지 고민하다가 건축처럼 큰 스케일에 더 관심이 가고 궁금해졌어. 무엇보다 정체되는 느낌이 들어서 변화가 필요하기도 했고. 비교적 빠른 템포의 디자인과 느린 템포의 건축을 병행하면 시너지 효과가 생길 것 같아."

나는 건축의 느린 시간성에 만족하지 못하고 비교적 빠른 템포의 디자인에 관심을 가진 반면 그는 디자인의 시간성에 균형을 더하고자 느린 템포인 건축에 관심을 가지게 되었다. 한쪽으로 너무 기울면 자연스레 반대쪽에도 무게를 실어서 균형을 맞추고 싶어지는 걸까. 그는 디자이너로서 건축 일에 참여하는 데 그치지 않고 학문적인 내공을 다지기 위해 공부를 선택했다. 자신이 이루어놓은 성과에 만족하지 않고 끊임없이 내적 성장을 하고 싶다는 그가 어떤 건축을 할지, 그리고 어떤 디자인을 만들지 궁금하지 않을 수 없다.

삶을 있는 그대로 즐기는 에르네스토

프랑스에서 만난 친구이자 동업자였던 에르네스토. 20세에 건축한 집이 잡지에 소개될 정도로 그는 미래가 창창한 건축가였다. 하지만 무엇 하나 부러울 것 없어 보이던 그에게도 쉽사리 정의 내리지 못하는 것이 하나 있었다. 바로 자신의 진로였다. 지금까지 자신의 열정을 쏟아부었던 회사에 남을 것인가, 아니면 자신의 정신세계가 투영된 작업을 할 것인가 사이에서 어떤 결정도 하지 못한 채 그는 힘든 시간을 보내는 중이었다. 여기에 은행 대출금과 생활비, 투자 비용을 고려하면 후자는 옳은 선택이 아닌 듯싶다고 고민을 털어놓았는데 사장에게 퇴사 의사를 알리는 메일을 보내는 순간까지도 그의 고민 상담은 계속되었다.

그런 그가 15년 이상의 경력을 뒤로 한 채 나와 사업을 하기로 결정한 이유가 궁금했다. 그의 망설임을 뒤엎을 만한 계기는 무엇이었을까.

"난 네가 하고 싶은 걸 실행하는 모습이 좋았어. 지금은 다른 사람을 위해 하는 일이 되었지만 20세 때의 나도 너같았거든. 너랑 함께 일하면 지난 내 모습을 찾을 수 있을 것 같아."

그는 장 누벨 건축회사에서 건축가로 일을 시작했다. 디자인 부서로 옮긴 후에도 프로젝트를 하면서 안정적인 수입을 유지한 상태로 자신의 역량을 펼쳤기에 그의 표현을 빌리자면 자신은 '편안한' 선택을 한 것이라고 했다. 그리고 마흔 초반이 되어 건축도 가구도 아닌 가방을 시작으로 파리 패션위크에 뛰어든 에르네스토는 편안하지도 않고 미래마저 불투명한 선택을 했다. 패션위크를 마친 후 우리는 각자의 길을 걷고 있지만 그는 여전히 회사로 돌아가지 않은 채 경제적으로 불안정하더라도 자신이 꿈꾸던 일을 하기로 마음먹은 듯하다. 일하면서 틈틈이 그렸던 그래픽 스케치를 꺼내 캔버스 위로 옮기고 있으니까. 조금 느리고 실수를 반복하더라도 괜찮지 않을까. 그를 보면서 다시금 느꼈다. 삶을 있는 그대로 즐기는 방법은 멀리 있지 않다는 것을. 바로 원하는 것을 할 때가 인생에서 가장 즐거운 순간이다.

소신대로 삶을 구축하는 디자이너

파리 11구 공유 작업실에서 만난 그녀는 의상 디자이너로 일하고 있었다. 그런 그녀를 한국에서 다시 만났다. 프랑스가 아닌 한국에서 보는 건 처음이었지만 낯설지도 어색하지도 않았다. 그렇게 파리에서 그랬듯이 흥미로운 주제로 시간 가는 줄 모르고 대화를 하던 중 서로의 근황을 말하는 순간 나는 적지 않게 놀랐다. 그녀는 패션 분야가 아닌 스타트업에서 지역별 커뮤니티 형성을 돕는 어플 개발과 친환경 우산 사업을 겸하고 있다고 했다. 그녀가 어떤 형태의 삶을 구축하는지 몹시 궁금했다. 늦은 밤까지 의상 제작에 열정을 쏟아붓는 그녀의 모습을 옆에서 지켜봤기에 다른 분야에 도전하며 그녀가 무엇을 느꼈을지 듣고 싶기도 했다.

"의상 제작이 아닌 다른 일 하니까 어때?"

"하나의 일에 매달리면 상황이 잘 안 돌아갈 때 잘못된 선택을 하기가 쉽잖아! 길을 좀 돌아가는 것 같지만 전보다 마음에 여유가 생겼어. 예상 못 한 일을 하게 되었지만 다양한 경험을 해볼 수 있어서 좋고 무엇보다 보람을 느껴."

그녀는 의상을 오래 하고 싶어서 다른 일을 한다고 했다. 패션 디자인을 아예 포기하기보다는 현재 할 수 있는 일에 집중하며 자신의 역량을 키워보고 싶다고. 그녀는 원하는 대로 흐르지 않는 상황을 자신만의 방식으로 풀어가고 있었다. 우연히 시작한 사업이지만 앱을 개발하는 과정이 할수록 흥미롭고 좋은 결과도 얻어 만족스럽다고 했다. 열정적으로 프로젝트를 설명하는 그녀의 모습은 어느 때보다 활기차고 생동감 넘쳐 보였다. 어떤 분야와 상황에 놓이든 그녀는 자신의 철학과 소신대로 삶을 구축하고 있었다.

비슷하게 생긴 듯해도 똑같은 사람이 없듯이 사람들의 가치관은 다양했고 일하는 방식 또한 달랐다. 내게 좋아 보이는 길에 누군가는 관심을 갖지 않았고 누군가가 추구하는 삶의 방향이 내 마음에는 와닿지 않기도 했다. 같은 공간에서 같은 일을 해도 사람마다 인생을 해석하는 방식은 달랐다. 살면서 우리는 무수히 많은 시험을 치르지만 정작 인생에 모범 답안이란 없었다. 각자의 선택, 각자의 삶이 있을 뿐 틀린 답, 맞는 답은 어디에도 없었다. 나는 이제 아무것도 되지 못하는 어른이 아닌 앞으로 무슨 일을 할지 궁금한 어른이 되고 싶다.

—

건축가의 집

프랑스에서는 돈이 있어도 쉽게 구할 수 없는 것이 있다. 바로 제곱미터다. 원하는 크기의 집에 살기 위해서는 그에 상응하는 요건을 갖춰야 한다. 기본 조건은 월 소득이 월세의 세 배 이상이 되는 정규직이어야 한다는 것이다. 개인 정보도 집주인에게 서류로 제출해야 하고, 사업자라면 최근 2년 동안의 수입증명으로 월세를 낼 수 있다는 경제력을 증명해야 한다. 비정규직이라면 필요한 조건을 갖춘 보증인을 찾거나 은행 보증을 세워야 한다. 그러나 서류심사에서 더 좋은 조건을 갖춘 사람이 있다면 안 될 가능성이 높다. 비공식적인 방법으로 집을 구하기도 하지만 안정성은 보장되지 않는다. 더욱이 시세보다 비싼 값에 경쟁률 또한 만만치 않다. 비정규직일 때 엘리베이터 없는 5층 건물에 위치한 18제곱미터 크기의 집을 방문했다가 방문자들의 긴 대기 줄을 보고 빠르게 기대를 접은 일도 있었다.

집을 구할 때마다 나는 굉장히 현실적인 사람이 되었다. '나는 이 정도 제곱미터 안에서만 살 수 있는 사람이구나'라는 현실 앞에서 심한 무력감을 느끼기도 했다. 정규직이 되고 나서 집을 구할 만한 조건은 좀 더 나아졌지만 살 수 있는 면적은 크게 바뀌지 않았다. 소득에 따라 누릴 수 있는 공간도 이미 정해져 있다 보니 나에게는 어떤 선택권도 없어 보였다. 건축가로서 설계했던 공간은 현실 속 월급쟁이가 누릴 수 없는 곳이었다. 몇십억대 가치의 럭셔리 주거 도면을 그리지만 현실에서는 24제곱미터(7평)도 안 되는 공간에서 살고 있었다. 어쩌면 일과 현실 사이에서 느껴지는 괴리감을 뛰어넘어 공간을 만들어내는 것이 건축가의 삶인지도 모르겠다.

집도 구하기도 어려운 상황에서 작업 공간을 갖는 일 역시 만만치 않았다. 아이디어를 만들어내고 발전시킨 장소는 원룸에 있는 작은 책상이나 거실과 주방 공간, 때로는 공용 작업실의 책상처럼 일상 한 편에 자리 잡은 공간이었다. 작업에 전념할 수 있는 전용 공간을 갖는 데는 5년 이상의 시간이 걸렸다. 공간이 작거나 빛이 잘 안 들어오더라도 무언가를 할 수 있음에 만족하며 하고 싶은 일에 집중했는데 공간의 특징은 생각 이상으로 의식적, 무의식적으로 창작에 적지 않은 영향을 주었다.

파리 9구에 마련한 '하녀 방'

정말 작은 공간이었다. 엘리베이터가 없는 6층 건물의 꼭대기 층, 계급사회의 잔재인 '하녀 방'으로 불리는 지붕 밑 자투리 장소가 처음 구한 집이었다. 천장의 반은 평평했지만 나머지 반은 지붕면을 따라 사선으로 되어 있어서 제대로 설 수조차 없었다. 11제곱미터(3평)라고 했지만 실제로는 1.5평이나 마찬가지였다. 집 안에 있던 가구는 싱글 침대, 접이식 책상과 의자가 전부였다. 왜 이런 집에 살았느냐

묻는다면 당시 나의 월급으로 구할 수 있는 최선이었다고 말할 수밖에. 세후 1800유로의 수입으로는 600유로 이상의 집은 구할 수조차 없었으니 월세 550유로를 거부할 이유가 없었다.

그 작은 공간이 나를 자극해서였을까, 아니면 건축을 향한 열정으로 내가 있는 공간 따위는 신경 쓸 겨를도 없어서였을까. 퇴근 후 집에 오면 시간이 날 때마다 틈틈이 건축 공모전을 준비했다. 간단히 저녁을 먹고 난 후에는 노트북을 겨우 올려놓을 만한 접이식 책상 앞에 앉아 작업에만 전념했다. 이 집에 살면서 여섯 개의 건축 공모전에 참여했고 그중 한 개에 당선되기도 했다. 기대하지 않았던 대상 수상. 당선되면 그 자체로 좋았고 안 되더라도 크게 실망하지 않았다. 도전해보는 경험만으로도 얻는 게 많다고 생각했다. 다양한 건축 프로젝트를 콘셉트에서 프레젠테이션까지 단기간에 연습할 수 있는 좋은 기회, 그것만으로도 충분하니까. 게다가 다른 건축가들의 아이디어도 엿볼 수 있다는 점에서도 공모전 참여는 좋은 자극제가 되기도 했다.

그 집에서 유일하게 있는 지붕창으로 보았던 네모난 저녁 하늘이 나에게 영감을 준 걸까. 문득 건물 안보다는 밖에서 하늘을 보고 싶다는 생각이 들었다. 건물 안과 밖 어딘가에 눕거나 앉거나 걸으면서 다양한 방식으로 별이 수놓인 하늘을 감상하고 싶었다. 이를 바탕으로 건축 내부보다는 외부 공간에 집중한 나는 칠레의 사막 한가운데 놓인 원형 인공 오아시스라는 아이디어로 IMOA 건축 공모전에 참여했다. 별이 물에 비치든 하늘에 있든 원하는 장소에서 원하는 방식으로 별을 관찰할 수 있는 구조였다. 그 덕에 공모전 수상을 한 걸 보면 의도하지 않았지만 그 집의 작은 공간은 수없이 많은 영감의 원천이 되었던 것 같다.

파리 17구의 집

11제곱미터였던 첫 집에서 오랫동안 살았다. 월급이 올라 다른 곳에 갈 수 있었는데도 이사 가기가 꺼려졌다. 어쩌면 집을 구할 때마다 느꼈던 무력감에 빠지고 싶지 않는지도 모른다. 그런데 움직일 수 있는 반경이 적은 공간에서

3년 이상 살다 보니 나 자신도 작아지는 느낌이 들었다. 처음 이사 왔을 때는 동굴처럼 아늑한 공간이었던 집은 시간이 지날수록 일을 하거나 잠을 자는 곳이 되어버렸다. 회사 일에 치여 공모전도 거의 참여하지 못했다. 이대로 단조롭고 척박한 삶을 유지하면 마음에 병이 들 것 같아 결국 환경을 바꾸기로 결정했다.

원하는 조건의 집이 부동산 사이트에 뜨자마자 서류를 보냈지만 큰 기대는 하지 않았다. 충분한 소득과 정규직이라는 조건을 가졌지만 나의 국적 때문에 탈락하리라는 걱정이 앞섰기 때문이었다. 운 좋게도 제일 먼저 신청한 서류가 집주인이 원하는 조건에 부합해서 새 집으로 옮기게 되었다.

7평 남짓, 24제곱미터. 월세 700유로로 파리 중심가에서는 집을 구하기 쉽지 않았지만 17구라면 가능했다. 3층 건물 꼭대기 층에 위치한 새 집은 파리 9구의 집처럼 지붕 밑에 자리한 공간이었지만 다행히 온전히 설 수 있을 만큼 천장은 평평했다. 방 한 개와 거실, 화장실, 주방은 각각 분리되어 있었다. 장점이자 단점이라면 창문의 위치였는데 창문은 개구부가 없는 반대편 건물 벽면을 바라보고 있었다. 집보다 더 높은 맞은편 벽과 집의 거리는 약 4미터 정도였고 창문 앞에 있으면 하늘을 제대로 볼 수 없어 오른쪽으로 고개를 틀어야 할 정도였다. 그래도 큰 창이 세 개나 있어 그전 집에서 느꼈던 답답함은 찾아볼 수 없었다. 교묘하게 놓인 창문 덕분에 벌거벗은 채로 있어도 이웃과 시선을 주고받는 일은 없었다. 외부의 시선에서 자유로운 만큼 생각도 자유롭게 구축하는 일이 많아졌고 덕분에 이 집으로 이사 올 때는 상상하지 못했던 삶을 살게 되었다.

자야 할 시간을 한참 넘긴 시간, 지치지 않는 미싱 모터처럼 나는 노루발 앞에 두 손을, 바닥에 놓여진 발판 위에는 오른쪽 발을 올려두었다. 두 눈은 원단과 바늘의 움직임에 고정된 상태였다. 방심하는 순간 바늘은 손을 찔러 애써 잘라놓은 원단을 더럽힐 것이고 손발이 조금이라도 엇박자가 난다면 천은 뒤틀리고 박음질은 원하지 않는 방향으로 뻗어나갈 것이다. 실을 다시 뜯는 일만은 정말 피하고 싶었다.

그토록 호흡에 집중해본 적이 있었던가. 온몸에 느껴지는 감각들은 오로지 하나에 집중하고 있었다. 학점을 따기 위해서도, 취직을 위해서도, 돈을 벌기 위해서도 아니었다. 밤에 그렇게까지 작업에 몰두했던 이유는 단지 재밌었기 때문이다. 포기만 하지 않는다면 이전에 없던 창작물이 내 몸을 감싸는 경험을 할 수 있었다. 상상하던 옷이 실재하는 일만큼 짜릿한 순간은 없었던 터라 완성된 옷을 얼른 보고 싶은 마음에 잠을 자는 것도 잊은 채 그 집에서 여러 밤을 지새우며 보냈다.

파리 11구 드게리 거리의 책상 하나

더 이상 집에서 작업을 할 수 없었다. 거실은 시간이 지날수록 늘어나는 부재자와 원단이 자리를 차지해서 작업실이 되어버렸다. 제일 큰 문제는 깨져버린 일과 삶의 균형이었다. 새벽 두세 시까지 기분 내키는 대로 작업하는 일이 반복되자 생활 리듬이 깨졌고 일상에도 영향을 주기 시작했다. 몸이 충분히 쉬도록 내버려두지 않으니 여기저기 문제가 생길 수밖에. 장기적으로 무언가를 하려면 건강한 삶의 패턴이 필요했다.

결국 새로운 작업실을 찾게 되었다. 마침 동업자였던 에르네스토와 디자인 사업을 구상 중이었는데 함께 회사를 그만두기 전에 프로젝트를 미리 준비할 시간이 필요했다.

회사에서 도보로 10분도 채 걸리지 않는 스튜디오에서 책상 하나를 빌렸다. 40제곱미터도 안 되는 공간을 네 명이 나누어 사용하는 개방형 스튜디오에는 가죽 수공예를 하는 사람부터 영화 관련 제작자, 옷 만드는 사람, 원단에 털을 잔뜩 묻히는 작업실 주인의 회색 고양이까지 다양한 이들이 공간을 사용하고 있었다. 독립된 작은 공간에는 사진사, 큰 공간에는 건축가 부부가 작업을 하고 있었다. 그중 한 명은 장 누벨 건축회사에서 팀장으로 일하고 있었는데 회사를 다니면서 이중생활을 하는 우리와 같은 상황의 사람이었다.

1층에 위치한 스튜디오는 접근성이 좋았다. 그러나 그곳의 유일한 파사드는 너비 4미터 정도에 반투명 유리로 되어 있어 밖을 볼 수는 없었다. 지나가는 행인들이 안에서 어떤 일이 벌어지는지 알 수 없다는 점은 좋았다. 나는 채광이 그나마 좀 더 나은 창가 근처에 자리를 잡고 싶었지만 부자재와 원단을 둘 마땅한 자리가 없어서 1층과 2층 사이 큰 책상만 한 크기의 선반에 있는 안쪽 공간을 선택할 수밖에 없었다. 공간의 폭은 10미터, 일부러 직접광이 들어오지 않는 실내를 찾은 것도 아닌데 낮에는 인공조명이 없으면 불편할 정도로 깊고 어두웠다. 또다시 동굴 안에 들어온 느낌이랄까. 아니나 다를까 그곳에서 앞이 보이지 않는 2년의 시간을 보내게 되었다.

파리 20구 소르비에 거리의 24제곱미터 작업실

퇴사 후 나와 에르네스토는 누가 따라오기라도 하는 것처럼 미친 듯이 일만 했다. 수많은 콘셉트를 발전시켰지만 어떤 결정도 쉽게 내리지 못했다. 월세 300유로, 다른 공용 스튜디오에 비하면 저렴하지도 비싸지도 않았지만 소음이 큰 미싱 작업을 할 만한 공간은 많지 않았다. 스튜디오를 같이 쓰는 사람들과 부딪히는 일이 발생하는가 하면 자유롭게 작업하지 못하다 보니 능동적으로 일할 수도 없었다. 에르네스토와 의견을 나누다가 언성이 높아지기라도 하면 다른 사람의 눈치를 보느라 말도 제대로 못 할 때도 있었다. 공용 작업실의 한계를 느꼈고 변화가 필요했다.

집만큼이나 구하기 어려웠던 작업실. 작업실을 구하기 위해 필요한 회사의 안정성 입증 서류를 준비하는 일도 만만치 않았다. 여러 곳을 방문하며 작업실도 둘러보았지만 공간이 마음에 들더라도 자격 조건이 충족되지 않아 발길을 돌리는 경우도 많았다. 어느 정도 시간이 흘렀을 때 장 누벨 건축회사에서 근무했던 그래픽 디자이너가 자신이 소유한 작업실을 세준다고 했고, 그곳을 방문한 후 우리는 바로 1년 계약을 했다.

월세는 950유로, 24제곱미터 면적의 벽이 없는 스튜디오로 안에는 2제곱미터의 화장실 겸 탕비실이 갖추어진 심플한 공간이었다. 1층에 위치해서 도로에서 곧장 진입이 가능했고 전면이 유리로 되어 있어 개방성이 돋보였다. 안에서도 밖에서 무슨 일이 일어나는지 볼 수 있었고 밖에서도 안에서 일어나는 모든 일을 볼 수 있는 곳이었다. 유리면으로 안과 밖을 오갈 수 없도록 분리했음에도 길 위에서 일하는 기분이었다. 그러나 우리는 일부러 커튼을 치지 않았다. 이상하게도 밖으로 보여지는 것이 불편하지 않았다. 오히려 많이 보여져서 누군가 관심을 갖기를 바라기도 했다. 그곳에서 공식적으로 회사를 등록하고 패션위크 참가를 준비해 나갔다. 결국 1년 후에 혹독한 대가를 치르고 모든 짐을 정리해야 했지만 덕분에 파리에서 처음으로 제대로 작업실의 면모를 갖춘 공간을 경험할 수 있었다.

건축회사를 그만둔 이유

나는 건축을 일로 시작했다. 정규 교육과정을 착실히 밟으며 건축학교에서 소양을 쌓았다. 이후 회사에 취직해 건축 일을 하며 돈을 벌었고 프랑스 국내외 프로젝트에 참여하며 여러 국가로 해외 출장도 다녔다. 하지만 경력이 쌓일수록 월급은 올랐고 생활도 편해졌지만 동시에 삶이 정체되어가는 느낌 또한 강해졌다.

일로 시작한 건축과 달리 의상은 취미에 불과했다. 인터넷에서, 책에서, 원단 가게에서 정보를 얻으며 의상 제작을 독학했다. 의상학교에 입학할 생각도 했지만 비싼 학비를 보고 빠르게 포기했고, 생계를 유지하려면 일을 해야 했기에 결국 창업을 한 후에 본격적으로 의상 제작을 시작하게 되었다. 의상 제작으로는 한 푼도 벌지 못했고 건축 일을 하며 모은 적금도 전부 사업 자금으로 쓰게 되었지만 그럼에도 불구하고 옷을 만들 때마다 살아 숨 쉬는 기분이었다.

건축은 떠올리면 힘든 기억부터 떠오르는데 의상은 즐거운 기억부터 떠오른다. 의상은 당장 돈을 벌어야 한다는 부담이 없어서 그 자체를 즐길 수 있었던 걸까? 꼭 그렇지는 않다. 누가 그랬던가. 회사 안은 전쟁이고 회사 밖은 지옥이라고. 회사를 다닐 때는 1년에 30일 정도의 유급휴가가 주어져서 3주나 4주에 걸쳐 여름휴가를 떠날 수 있었다. 더 일한 시간은 추가 수당이나 유급휴가로 대체되었다. 회사를 그만둔 후에는 실업급여를 받으며 생활비 걱정 없이 재충전의 시간도 가질 수 있었다.

그런데 창업 후에는 제대로 쉬지도 못하고 일만 했다. 출근은 있었지만 퇴근은 없는 삶. 금요일 오후를 기다리던 재미는 사라지고 주말은 당연히 일하는 날이 되었다. 일하는 만큼의 대가라도 있다면 좋았을 텐데. 통장 잔액이 줄어들수록 불안감은 더 커졌고 내가 할 수 있는 건 앞만 보고 가는 일뿐이었다.

건축 일을 계속 할지 말지 수없이 고민했다. 정말 건축이 나에게 맞는 일인지 의구심이 들었기 때문이다. 반면에 의상 디자인은 한 번도 의심하지 않았다. 단지 건축만큼 상황이 잘 안 풀려서 계속해도 될지 정도를 걱정하기는 했었다.

도면이나 의상 패턴에 선을 그릴 때 나는 항상 진지했고 내가 가진 모든 열정을 쏟아부었다. 회사에서 연이은 밤샘 작업으로 지치고 힘들어도, 파리 패션위크 실패 후에도 오히려 한 가지는 명쾌해졌다. '나는 두 일을 모두 좋아한다'라는 것 말이다. 디테일은 분명 다르다. 그러나 추상적인 생각을 물질화한다는 점에서는 큰 차이가 없다. 창작물을 직접 보고 만지며 느끼는 일만큼 중독적이고 매력적인 경험은 없었다. 온 감각을 이용해 창작을 할 때 나는 진정 살아 있다고 느낀다.

그런데 왜 건축을 할 때는 그렇게 많은 의심이 들었을까. 건축을 하면서 참을 수 없는 답답함을 느꼈다. 분명 공간을 상상하고 도면화하는 건 즐거웠고, 그것이 실제화되었을 때의 짜릿한 쾌감과 뿌듯함은 잊을 수 없었다. 그때 느꼈던 생생한 감정이 아직도 내 안에 남아 있다. 그런데 왜 행복하지도 않고 만족스럽지도 않았을까. 수많은 질문을 던져보고 또 던져봐도 쉽게 이해가 되지 않았다.

월급이 생각보다 적어서? 아니면 동료들과 사이가 좋지 않아서? 아니다. 건축을 하면 파리에서 하고 싶은 일을 할 만큼의 돈은 벌 수 있었다. 동료들과 아직까지 연락할 정도로 관계도 좋았다. 내가 모두를 좋아할 수 없듯이 모두가 나를 좋아하지 않았을 뿐, 대부분의 인간관계가 그렇듯 언제나 수월하지는 않았지만 그렇다고 건축 일이 힘들어질 만큼의 문제는 없었다.

아니면 배워가는 과정에서 겪는 성장통이었을까? 그것도 아니었다. 나는 나의 부족한 부분을 채워가는 게 좋고 배워야 하는 게 있을 때 더 열정적으로, 공격적으로 살게 된다. 몰랐던 분야를 알아가고 이전에 없던 경험을 쌓으며 어제 가져보지 못한 감정을 느낄 때 어느 때보다 살고자 하는 욕구가 강해진다. 정체된 삶만큼 내게 절망적인 것은 없으니까.

그래서 직접 확인해보고 싶었다. 건축 분야의 거장이 설립한 회사에서 일하면 어떤 다른 것이 존재하리라는 기대감이 있었다. 만약 그곳에서도 만족하지 못한다면 내 인생을 뒤엎을 만한 변화를 만들겠다고 다짐했다.

장 누벨 건축회사에서 일하면서 정확히 스스로의 욕구를 깨달았다. 나는 누군가 대신 결정 내리는 것을 참지 못하는 스타일이었다. 열심히 콘셉트를 설정하고 발전시켜도 회사의 장이 '노(No)'라고 하면 처음부터 다시 시작해야 했다. 아무리 높은 사람이 내린 결정이어도 납득하기 어려울 때도 있지만, 의견이 어떻든 나는 그 지시를 따를 수밖에 없었다.

건축인지 의상인지의 문제가 아니었다. 일과 취미의 문제도 아니었다. 나는 내가 내린 결정에 책임을 지는 사람이 되고 싶었다. 실패 또한 내가 온전히 감당하고 싶었다. 내 결정의 무게를 느끼고 다음번에는 똑같은 실수를 하지 않는 기회를 갖고 싶었다. 무수히 많은 실패를 해야 그 이면에 숨은 성공이 보일 것 같았다.

직장인이었을 때는 남이 내린 결정을 수용하는 일 외에

는 결정적인 순간에 할 수 있는 일이 별로 없었다. 그래서 책임감의 무게가 어떤 것인지조차 알지 못했다. 주어진 일을 하고 그 대가를 지불받는 월급쟁이라는 사실을 망각한 채 내 회사의 일이라는 듯이 열심히 일했다. 프로젝트를 성공적으로 마치면 승진을 하고 월급이 올랐지만 반대로 일이 잘 안 풀려도 크게 상관은 없었다. 책임은 결정을 내린 사람의 몫이었으니까. 나는 회사에 필요한 사람으로서 주어진 임무를 잘 실행하면 그만이었다. 그렇게 나는 점점 수동적으로 변해갔다. 잘했다고 하면 기분이 좋아졌고 못했다고 하면 좌절했다. '열심히 해봤자 또 아니라고 할 텐데!'라는 생각이 어느새 일반화되어 있었다. 예전처럼 과감하거나 새로운 시도는 하지 않게 되자 나는 그냥 불평불만만 늘어놓는 무기력한 사람이 되어갔다. 안락한 삶에 안주한 채 어떤 건축을 하고 싶은지 고민하지 않았고 그것을 발전시킬 기회도 갖지 않았다. 건축가로서 일을 하던 나는 어느새 스스로 생각하기를 멈추었다.

자신이 누구인지 정확히 알아야 고생하지 않는다. 나는

이 사실을 너무 늦게 알아차렸다. 36세의 나이에 안정적인 직장을 스스로 박차고 나왔다. 어쩌면 미련한 짓이었을지도 모른다. 그러나 그때의 결정을 후회하지는 않는다. 다시 같은 기회가 주어진다고 해도 나는 똑같은 선택을 할 테니까.

인생의 중반, 모험을 하기에 늦은 감은 있었다. 그래서 더 두려웠다. 하지만 괴로운 감정도 잠시, 현실에 안주하면 거기에 적응해버릴 것 같았다. 사실 나는 꽤 많은 시간 동안 그래왔다. 인생이 제멋대로 흘러갈까 봐 두려웠지만 지금까지 쌓아온 경력 또한 외면할 수 없었다. 더 늦기 전에 회사를 그만두지 않았다면 어떤 기회가 와도 스스로 포기했을 것이다. 도전은 여유 있는 사람이나 하는 일이라고 변명하면서. 틀림없이 모험에는 희생이 따른다. 그래도 생을 마감하기 전 '그거 해볼걸!'이라고 후회하는 삶은 살지 않기로 했다. 실패해도 상관없다. 적어도 모험을 해봤으니 실패의 쓴맛도 느낄 수 있지 않을까. 그래야 인생의 달콤함이 무엇인지도 알 수 있을 것 같다.

누군가 내게 외국에서의 삶이 어땠냐고 묻는다면 나는

자신을 돌아보게 하는 시간으로 가득 찼었다고 말할 것이다. 무엇 하나 쉽게 얻을 수 없었고 우연히 갖게 되는 것도 없었다. 낯설고 이해할 수 없는 상황을 헤쳐나가려면 나 자신부터 이해해야만 했다. 다각도로 들여다보고 흔들리고 깨져봐야만 했다. 어느 누구도 대신 알려줄 수 없는 인생. 직접 확인해보지 않으면 알 수 없다. 그렇다면 문제의 답은 스스로 부딪히면서 찾아갈 수밖에.

2부

좋아하는 일을 하며
성장합니다

+ + + +

건축가에게 낯선 '밀리미터의 세상'

고집스럽지도 끈질기지도 않았던 나를 기억한다. 하고 싶은 일도, 하고 싶지 않은 일도 없었다. 남들 눈에 띄지 않을 정도로 있는 듯 없는 듯 행동했다. 삶의 핵심에는 가까이 가지도 못한 채 주변을 겉도는 느낌이랄까. 무엇을 하고 싶은지 고민할 필요를 느끼지 못했고 무엇을 좋아하는지 생각할 이유도 없었다. 인생에 구체적인 목적을 두지 않고 적당히 해야 할 일과 필요한 일만 해나갔다. 그래서인지 무언가에 몰두해볼 수 있는 기회조차 스스로한테 주지 않았고 그나마 흥미가 있어 시작한 일도 중도에 포기하는 게 일쑤였다. 해도 그만 안 해도 그만이었기 때문이다. 그런데 처음부터 그런 태도로 살려고 한 것은 아니었다. 단지 그때는 다르게 사는 방법을 몰랐었다. 그랬던 나의 인생을 바꾸는 계기는 아주 우연히 찾아왔다.

2013년 어느 가을날, 파리 17구에 위치한 집 안이었다. 스트라스부르에서 건축학교를 다니던 지금은 남편이 된 남자 친구와 연애를 한 지도 2년째. 기차를 타고 3시간 정도 이동해야 겨우 만날 수 있는 거리에 살았던 탓에 평소에는 영상통화를 하며 서로의 근황을 주고받았는데, 그날은 오랜만에 남자 친구가 파리에 온 날이었다.

이유는 알 수 없지만 갑자기 그의 상체에 시선이 멈추었다. 오랜만에 멋을 부리고 온 듯 평소와 다르게 약간 붙는 청색 와이셔츠를 입은 그의 뒷모습이 왠지 모르게 경직되어 보였다. 남자 친구에게는 미안한 생각이지만 몸이 옷을 걸친 게 아니라 옷에 몸이 갇혀 있는 느낌이었다. 옷이 몸에 꽉 끼는 것도 아니었는데 왜 이렇게 불편해 보였을까. 나는 궁금함을 못 참고 물어보았다.

"옷 답답하지 않아?"

"응, 답답하지."

"그런데 불편한 옷을 왜 입었어?"

"어떤 옷을 입든 똑같아. 다른 부분은 괜찮은데 겨드랑이로 천이 말려들어가더라고. 옷 전체도 조금씩 위로 올라가고. 그래서 그런가 나도 모르게 몸에 힘이 들어가네."

그의 가슴은 어깨에 비해 넓은 편이었다. 표준 의류 사이즈가 정해놓은 오차 범위를 벗어난 몸통 둘레. 어깨 치수에 맞춰 입어도 겨드랑이 부분에는 여유 공간이 부족했고 그 때문에 옷이 말려 올라갔던 것이다. 그렇다고 넉넉한 사이즈를 고르면 어깨가 너무 크다고 했다. 그제야 남자 친구가 주로 티셔츠나 후드티처럼 신축성 있는 면 소재의 옷을 입었던 이유를 알 것 같았다. 그날따라 그의 몸과 옷을 자세히 관찰하게 된 건 평소와 다르게 와이셔츠를 입은 그가 낯설게 느껴져서였다. 사실 이런 대화를 나누기 전에는 그의 고충을 알지 못했었다. 그동안 얼마나 불편했을까!

사고의 전환은 순식간에 이루어졌다. 평소와 크게 다르지 않던 어느 날, 남자 친구의 몸에 맞는 옷을 만들어보고 싶다는 생각이 뇌리를 스치자 갑자기 내 안에 오랫동안 자리 잡고 있던 생각의 틀이 허물어지는 기분이 들었다. 어떻게 내 옷도 아닌 남의 옷을 먼저 만들 용기가 생겼는지……. '옷을 직접 만들어보면 어떨까?'라는 소소한 상상은 그렇게 머릿속에서 순식간에 펼쳐졌다.

나는 결국 그에게 와이셔츠를 만들어주겠다는 약속을 하고 말았다. 상상 안에서는 모든 과정이 쉬워 보였다. 옷을 만들기 위한 재료만 준비되면 해낼 수 있을 것 같았다. 일단은 그전까지 한 번도 사용해본 적도, 실제로 만져본 적도 없는 미싱을 주문하면서 생각을 행동으로 옮기는 데는 성공했다. 그런데 바늘구멍에 실을 꿰는 일부터 박음질까지 무엇 하나 쉬운 게 없었다. 인터넷에서 구입한 105.9유로짜리 싱거 미싱이 눈앞에 놓여 있었지만 어떻게 작동해야 하는지 몰라 안절부절못하기만 했다.

박음질은 미싱이 하는 일이었지만 미싱을 움직이는 것은 생각이 아니었다. 내 두 손, 한 발, 그리고 두 눈이 협동해야 가능한 일이었다. 두 손은 바늘의 속도에 맞춰 원단을 움직여야 하고 오른쪽 발은 페달을 섬세하게 누르며 바늘의 속도를 조절해야 했다. 몸의 어느 한쪽에라도 균형이 깨지면 결과는 여지없이 원단 위에 드러났다. 발끝의 힘을 조절하지 못해 재봉선이 의도와는 다르게 엇나갈 때도 있었다. 실을 뜯고 다시 재봉하는 과정을 얼마나 반복했는지. 재봉선의 모양은 기계가 아닌 오직 사람의 의지에 달려 있었다.

옷을 만들수록 그전에는 보이지 않던 부분들이 보이기 시작했다. 와이셔츠의 칼라, 손목 처리 방식, 앞판 중앙의 단추 라인까지 초보자가 하기에 옷에는 디테일이 너무 많았다. 예전이라면 옷의 단추 색상이나 칼라 모양이 마음에 안 들면 안 사면 그만이었는데 옷을 제작하면서 그 안에 들어간 시간과 노력이 느껴졌다. 구입한 와이셔츠 패턴에는 제작 방식이 자세하게 설명되어 있었지만 여러 번 읽어도 도무지 무슨 말인지 이해할 수 없었다. 의상 제작에 대한 지식이 없다 보니 관련 용어를 인터넷에서 일일이 확인하고 영상을 보면서 개념을 하나씩 익혀나가는 수밖에 없었다. 나름 손재주가 있어 금세 와이셔츠를 만들 수 있겠다고 예상한 자신이 창피할 정도로 결과는 참담했다. 비뚤비뚤한 재봉선, 다른 소매 길이, 제대로 마무리하지 못한 단춧구멍까지 차마 입고 다니기 어려운 와이셔츠를 보고 있자니 허탈하기까지 했다.

무엇보다 굳어진 사고방식을 바꾸는 게 제일 어려웠다. 1센티미터 이하의 세상에는 크게 관심을 두지 않았던 건축가에게 밀리미터의 세상은 낯선 곳이었다. 재봉할 때 3밀리미터만 어긋나도 금방 눈에 띄었고, 5밀리미터는 일부러 어긋나게 디자인한 것처럼 보일 만큼 큰 차이를 만들었다. 건축에서 5밀리미터 정도의 차이는 신경 써본 적조차 없었다. 디테일 상세도가 아닌 이상 건축설계에서 주로 쓰는 100분의 1 도면에서 5밀리미터는 결코 표현할 수 없는 수치였다. 건축의 언어에만 익숙했던 나는 의상에서도 아는 만큼만 알려 하고, 보이는 것만 보려고 했던 것이다.

빠르게 전개되는 생각과 달리 현실은 더디게 움직였고 그럴수록 흥미도 조금씩 잃어갔다. 이전부터 그래왔듯이 이번에도 하다가 그만둘 줄 알았다. 게다가 연이은 건축 공모전으로 회사에서 새벽까지 일하는 경우가 많다 보니 작업을 한 지도 6개월이 넘어가고 있었다. 결국 먼지만 쌓여가는 미싱을 박스 안에 넣어 정리하고 원단과 부자재 역시 보이지 않는 곳으로 옮겼다. 눈에서 멀어진 의상 제작은 마음에서도 점점 멀어져갔다.

그러던 내가 휴직을 하면서 다시 미싱을 꺼내 옷을 만들기 시작했다. 다행히 남자 친구는 아무 말 없이 기다려주었다. 내가 만들 와이셔츠를 기다렸는지 직접 물어보지는 않았지만 나는 남자 친구에게 한 약속을 꼭 지키고 싶었다. 무엇보다 이런저런 핑계를 대며 포기하는 게 습관이 된 나에게 또 다른 기회를 주고 싶기도 했다.

"어때?"

"생각보다 괜찮은데?"

틈 날 때마다 연습한 네 벌의 와이셔츠가 한 벌의 옷으로 탄생한 순간이었다. 남자 친구는 검은색 면 소재의 와이셔츠를 입고는 거울에 비친 자신의 모습을 한참 동안 바라보았다. 옷을 마음에 들어 하는 그의 모습을 보니 말로 표현할 수 없는 뿌듯함이 느껴졌다. 기성품처럼 완벽한 옷은 아니었지만 남자 친구가 불편하게 느끼는 디테일을 신경 써서 수정했고, 특히 몸통 부분이 말려들어가는 문제를 보완하려고 노력했다. 일주일에 한 벌씩은 옷을 만들자는 목표를 갖고 꾸준히 작업한 덕분이었다. 봉제 실력이 늘어갈수록 의상에 대한 열정도 자연스레 커졌고 할 수 있는 기술이 많아지면서 원하는 디자인을 구체적으로 표현할 수도 있게 되었다. 의상 제작과 관련된 생각을 안 한 적이 단 하루도 없을 정도로 그때의 나는 옷 만들기를 즐기고 있었다. 크로키북에 아이디어를 스케치하고 일주일 동안 틈틈이 만들고 나면 어느새 눈앞에 있던 스케치가 옷으로 현실화되었다. 그렇게 직접 만든 옷을 입은 채 일을 하고, 식사를 하고, 친구들과 같이 시간을 보내면서 창작물은 일상의 일부가 되어갔다.

　꾸준히 생각을 실제화하는 작업을 했더니 어떤 일이더라도 중간에 그만두지 않는 습관이 생겼다. '또 하다가 말았네'라며 자기혐오에 빠지던 내가 이제는 '해낼 수 있다'라고 외치며 자기 확신을 가지고 원하는 일에 뛰어든다. 당장 만족스러운 결과물을 얻지 못하더라도 꾸준히 했을 때 어제와 다른 내일이 찾아온다는 경험이 쌓여서일까. 지금 하고 있는 글쓰기와 지갑 프로젝트가 어떤 미래를 만들지 알 수 없는 상황에서도 나는 그저 묵묵히 하루를 채워간다. 여전히 앞날이 두려우면서 궁금하고, 순간적으로 무기력해질 때도 있다. 성공과 실패, 그 무엇도 짐작할 수 없지만 그런 상황에서도 앞으로 나아갈 수밖에 없는 이유는 끝까지 가보지 않으면 어떤 결과를 얻을지 알 수 없기 때문이다.

그리고 나는 이제 창작을 이렇게 정의할 수 있다. 창작이란 거창한 무언가를 만드는 것이 아니라 자신이 누구인지 탐구하고 잠재된 가능성을 투영하는 과정에서 생기는 결과물이라고.

'날것'의 나로 산다는 것

해가 저문 홍대 거리를 걷다 발견한 유난히 밝게 빛나는 건물 한 층. 그곳에서 자유롭게 움직이는 사람들의 검은 실루엣을 넋을 잃고 바라보았다. 그들처럼 나도 번화가 한복판에서 자신만의 시간을 즐기고 싶다는 마음과 새로운 무언가를 시도해보고 싶다는 생각이 동시에 들었다. 일시적인 호기심은 아니어서 나는 그때 본 재즈댄스 학원을 찾아가 수강 신청을 했다. 학원에는 몸 선이 예쁘고 아름답게 춤을 추는 사람들이 많았다. 가슴을 넓게 벌리고 손과 발을 최대한 멀리 밀어 동작을 크고 아름답게 만드는 사람들의 표정은 자신감으로 가득 차 있었다.

'어떻게 자신의 몸에 저렇게 확신이 있을까?'

나는 한 번도 본 적 없는 그들의 모습에서 시선을 뗄 수 없었다.

기본 발레 동작으로 몸을 푸는 시간. 동작을 따라 하다 선생님의 등 뒤를 가득 메운 거울을 통해 내 모습을 볼 때면 실망감을 감출 수 없었다. 다른 사람들에 비해 커 보이는 얼굴과 남다른 허벅지 둘레로 더 짧고 튼튼해 보이는 두 다리. 안 그래도 자신 없는 내 모습을 거울로 또다시 보기 싫어서 최대한 시선을 피했다. 찍히기 싫어서 카메라를 쳐다보지 않았던 사진 속 내 모습처럼. 그런 내가 신경 쓰였는지 선생님은 자주 주의를 주었다.

"정면 보세요, 정면!"

선생님의 말에 잠시 정면을 쳐다보더라도 고개는 금세 떨궈졌다. 재즈댄스를 배우는 시간 자체는 재밌었다. 하지만 나를 정면으로 마주하는 게 익숙지 않았고, 익숙해지고 싶지도 않았다. 선생님의 지시에도 불구하고 제대로 정면을 보지 않으니 당연히 실력은 늘 리 없었고 결국 고민 끝에 나는 3개월도 채 다니지 않고 재즈댄스 학원을 그만두었다.

그때 나는 콤플렉스 덩어리였다. 얼굴, 키, 피부, 목소리, 말투, 남다른 허벅지 둘레…… 내 몸 구석구석까지 마음에 들지 않았다. 그렇다고 어떤 미적 기준을 바탕으로 비교한 결과도 아니었다. 우상으로 삼던 연예인이나 아이돌도 없었다. 외모로 심한 놀림을 받거나 상처를 받은 적 또한 없었다.

최근에 알게 된 사람들에게 정체성 결여에 콤플렉스 덩어리였던 내 과거를 말하면 도저히 믿기지 않는다고 말한다. 주변을 개의치 않는 의상 스타일에 자기 주관이 뚜렷한 지금과는 대조적인 모습이라 나 자신도 내가 예전에 그랬는지 낯설기만 하다. 현재는 다른 사람들이 알고 있듯이 나는 나를 있는 그대로 좋아한다.

어느 날 갑자기 잠에서 깨어나 '내가 달라 보이는데!' 하는 식으로 단숨에 가치관이 바뀌지는 않았다. 단지 나는 서른 중반의 나이에 천천히 그리고 꾸준히 나에 대한 이해도를 높여갔다. 옷을 직접 만들면서부터 취향을 구체적으로 정의 내리는 연습을 했더니 생활 전반에서 보고 느끼는 것들을 나만의 방식으로 정의 내리고 해석하는 데 많은 도움이 되었다. 이제는 커피를 마시는 방법처럼 지극히 일상적인 선택부터 건축설계 같은 직업적인 부분에 이르기까지 '아무거나'라는 말은 더 이상 쓰지도, 생각하지도 않는 좀 까다로운 사람이 되었다.

나에 대한 이해력이 높아지면서 더는 거울 보기를 회피하거나 아무 옷이나 걸치지도 않는다. 조금이라도 더 내 몸에 어울리는 옷을 찾았고, 없다면 새롭게 만들기도 했다. 어깨너비에 비해 얼굴이 큰 나에게 어울리는 옷을 디자인하면서 신체 비율과 옷의 형태, 시각적인 효과를 연구하기도 했다. 꾸준한 헬스 트레이닝으로 체형의 균형을 맞추는 노력도 게을리하지 않았다. 나 자신을 아끼는 만큼 시간을 투자하고 노력하는 경험은 즐거운 일이었고 보람 또한 느꼈다.

이제야 나는 나를 제대로 돌볼 줄 아는 사람이 되었다. 늦은 나이에 나란 사람을 이해하기 시작하면서 콤플렉스, 불만, 성격, 상처, 고통, 수많은 감정과 기억들을 정면으로 쳐다볼 힘이 생겼다. 프랑스에서 외국인으로 살아남기 위해 문제를 정면으로 받아들이고 해결했듯이 성장하면서 뒤틀린 자아와 정체성 공백을 있는 그대로 인정해나갔다. 그러고 나니 무엇을 해야 할지 알 수 있었다. 나답게 살려면 우선 내가 누구인지 알아야 했다.

직접 만든 옷을 입고 처음 외출하던 날

처음으로 직접 만든 옷을 입고 밖으로 나간 순간을 잊을 수가 없다. 의상이라는 창문을 통해 세상을 바라보고 외부와의 소통을 시작한 의미 있는 날이었다. 이전의 나는 기성복을 입고 다니면서 최대한 남들 눈에 잘 띄지 않기를, 누구도 나를 알아봐주지 않기를 바랐다. 프랑스에서는 더더욱 존재감 없는 사람이 되고 싶었다. 집을 나서는 순간 쏟아지는 불편한 시선을 어떻게든 줄이고 싶어서 주로 평범한 옷을 찾아 입었다. 그런데 제작한 옷들이 쌓일수록 집 안에서만 입는 데 한계를 느꼈다. 환경에 따라 옷이 제 기능을 하는지, 장시간 앉아서 일해도 옷이 불편하지 않은지 확인하고 싶었기 때문이다. 실생활 속에서 살아 있는 옷을 만들려면 직접 입어보고 관찰하면서 보완점을 찾는 수밖에 없었다.

직접 만든 패턴을 적용한 첫 의상은 우비를 재해석한 옷이었다. 하늘에서 비가 후두두 떨어져도 파리에서는 우산을 쓰는 사람을 찾아보기 힘들었다. 오히려 우비를 입고 다니는 사람들이 심심치 않게 보여서 우비를 만들 생각을 했는지도 모른다. 전체 옷의 절반 이상을 투명 비닐로 제작해 안에 입은 의상이 보이도록 했고, 상단 부분은 불투명한 천으로 만들어 아랫부분과 대조되는 효과를 연출했다. 사실 이후에 제작했던 옷들에 비하면 크게 특별하지 않은 옷이었지만 당시에는 기성복에서 벗어나는 것만으로도 낯선 느낌이 들었다.

밤새 완성한 우비를 입고 나가기로 결심한 날, 외출 준비를 마치고 현관문 앞에 설 때까지도 나는 확신이 들지 않아 전신 거울을 쳐다보고 또 쳐다봤다.

'이대로 나가도 될까? 사람들이 이상하게 보면 어떡하지?'

내가 가장 두려워하는 건 다른 사람의 시선이었다. 두꺼운 현관문을 열고 나가면 되는데 그날만큼은 매일 보던 평범한 문이 유난히 더 무겁고 커 보였다. 겨우 용기를 내서 자물쇠를 열고 계단참에 나왔다가 이내 다시 문을 잠그고 집 안으로 들어왔다. 계단실에는 아무도 없었지만 내 시선에서는 자유롭지 못했다. 옷을 갈아입을까 말까를 얼마나 고민했는지 식은땀마저 흘렀다. 시계를 보니 더 이상 지체하면 지하철에 사람이 몰릴 때라 더욱 난감한 상황에 놓일 것 같았다. 당장 문을 열고 나가지 않으면 다시는 직접 만든 옷을 입을 수 있는 기회가 오지 않을 터였다.

"나가자!"

큰맘 먹고 문밖으로 나왔다. 5분여의 시간 동안 발을 동동거리며 고민한 시간이 무색할 정도로 아무런 일도 일어나지 않았다. 계단실을 내려가며 다시 돌아본 현관문은 무슨 일이 있었냐는 듯이 그 자리에 있었다. 그러나 밖으로 나가기 전 마지막으로 열어야 하는 문 하나가 남았다. 바로 공동 현관문. 이번에도 쉽게 문을 열지 못하고 10미터 정도의 복도를 왔다 갔다 하며 생각하고 또 생각했다.

'정말 괜찮을까? 이렇게까지 할 필요가 있을까? 사람들

이 비웃으면 어떡하지?'

수많은 생각이 교차하며 머릿속을 어지럽혔다. 그렇게 고민하기를 몇 분째, 마침내 나는 무거운 철문을 열고 밖으로 나와 지하철역으로 걸어갔다. 문 앞에서 고민하던 그 시간은 고작 몇 분에 불과했지만, 내게는 너무나도 길고 숨 막혔던 순간이자 현재의 나를 만들어낸 중요한 전환점이기도 했다. 우려와는 달리 길거리에서 나를 보는 사람들의 시선은 평소와 크게 다르지 않았다.

13호선 지하철 안. 회사 근처 역까지는 35분이 걸렸다. 나는 최대한 사람들 눈에 덜 띄는 창가 쪽에 자리를 잡고 앉아 복잡한 심정으로 시선을 바닥에 고정시켰다. 그때 옆에 앉은 중년 여인이 자꾸 내 쪽을 쳐다보는 게 느껴졌다. 그녀는 조금 망설이는 듯하더니 곧 말을 걸어왔다.

"덥지 않아요?"

멋쩍게 내려다보니 내 옷에는 하얗게 김이 서려 있었다. 집을 나오기 전부터 긴장한 탓인지 아니면 지하철 안의 열기 때문인지 투명 비닐로 되어 있는 소매 윗부분이 뿌옇게 변한 상태였다.

"생각보다 많이 덥지는 않아요. 옷을 바로 입었을 때는 비닐이 딱딱해서 움직이기 불편했는데 몸의 열기 덕분에 지금은 부드러워졌네요……."

나는 그녀가 물어보지도 않은 질문에 답하며 애써 비닐옷의 좋은 면을 강조하고 있었다. 한참을 말없이 옷을 쳐다보던 그녀가 말문을 열었다.

"투명한 비닐이 시원해 보이고 디자인도 독특하네요. 그래도 덥긴 할 것 같아요."

솔직한 그녀의 말에 왠지 모르게 기분이 좋아졌다. 나는 그렇게 무사히 회사에 도착해서 우비를 벗어놓고 평소와 다름없이 일을 해나갔다.

2016년 6월, 그날 아침이 없었더라면 현재의 나는 없었을 것이다. 과거에는 타인의 시선이 두렵고 그들이 나를 어떻게 볼지 두려워서 정작 내가 하고 싶은 일을 포기하려고까지 고민했었다. 그때 용기를 내지 않았더라면 의상 제작을 그만두었을지도 모른다. 밖에 나가지 못한 채 집 안에서만 입는 옷으로는 흥미를 느끼지 못했을 테니까. 내가 두껍게 만들어놓은 편견을 찢고 나와 사람들의 시선과 솔직한 의견에 나를 내던진 그 순간을 결코 잊을 수 없다. 예상만큼 기분 나쁘거나 불쾌하지도 않았다. 오히려 옷이라는 주제로 편하게 사람들과 대화의 물꼬를 텄고 그때부터 폭발적으로 프랑스어가 늘었다. 말할 기회도, 말하고 싶은 이야기도 많아졌기 때문이다. 그 뒤로도 나는 끊임없이 수많은 시선과 부딪치고 맞서며 내면의 힘을 기르는 연습을 이어갔다.

간혹 "남의 시선 따위 신경 쓰지 마!"라고 말하는 사람들이 있다. 그런데 어떻게 신경을 안 쓸 수 있을까. 나는 내 몸에 꽂히는 시선을 완벽하게 무시할 수가 없었다. 한때 남이 나를 어떻게 볼까 고민했고 나 자신조차 내가 어떻게 보일까를 걱정하며 시간을 보내기도 했다. 정작 내가 나를 어떻게 보는지에 대해서는 고민하지 않았으면서. 종이 한 장도 채우지 못할 정도로 나를 묘사할 수 있는 말들이 빈약했다. 그래서 더 쉽게 구겨지고 찢기지 않았나 싶다. 사진이나 거울을 정면으로 보지 못하던 모습은 건강하지 않은 내면이 보내는 일종의 신호였다. 그때의 나에서 멈추었다면 지금처럼 다채로운 감정을 느끼지 못했을 것이고 다양한 경험도 내 안에 쌓이지 못했을 것이다.

나는 나를 회피하지 않고 있는 그대로 보는 연습을 했다. 정체성과 취향, 가치관까지 나를 나타내는 다양한 요소를 고민하면서 스스로를 정의 내려갔다. 여전히 남의 시선이 신경 쓰이지만 더 이상 휘둘리지는 않는다. 이제는 내 시선과 타인의 시선 사이에서 균형을 맞출 수 있는 내면의 힘이 생겼다. 나는 비로소 내 몸을 좋아하게 되었고, 더 좋아하기 위해 건강한 식단 관리와 운동을 하며 좋아하는 것들로 나를 표현하고 있다.

시선에서 자유로워지니 남이 '예스(Yes)'라고 해도 '노(No)'라고 말할 수 있어 좋다. 내 선택을 존중하게 되었고 무엇보다 눈치 보며 예스인 척 노력하지 않아도 되어서 좋다. 나는 이제 내가 '왜' 그런 선택을 했는지 당당히 말할 수 있고, '어떻게' 상황을 개척할지도 스스로를 위해 고민한다. 타인의 기준이 아닌 내 기준으로 사는 건 때로 외롭기도 하지만 그만큼 편안한 일도 없다. '날것'의 나로 사는 지금이 어느 때보다 가장 나다운 삶을 사는 순간이다.

—

취향에는 분명 이유가 있다

나는 취향이랄 게 거의 없는 사람이었다. 특별히 좋아하는 것도 싫어하는 것도 없었다. 그래서 남들이 하면 나도 하고 남들이 안 하면 하지 않았다. 그냥 별생각 없이 살았다. 그래서인지 어렸을 때의 기억이 거의 없다. 드문드문 생각나는 추억마저 대개는 단편적으로만 남아 있어서 더 답답할 뿐이다. 예전의 내가 무엇을 좋아했고 싫어했는지조차 정확히 기억나지 않아서 내가 어땠는지 묘사하기 어렵기도 하다. 취향이란 과거의 나를 이해하는 중요한 단서일 텐데 말이다.

나는 어떤 아이였을까? 애착이 깊었던 사물이나 인상 깊은 장소, 좋아했던 음식처럼 사소한 무엇이라도 떠올리고 싶지만 그럴수록 기억은 점점 더 희미해질 뿐이다.

나를 설명하는 것들이 너무 얇아서 오히려 놀랍기도 하다. 나는 왜 그렇게 열정 없이 살았을까. 하지만 지금은 좀 귀찮을 정도로 취향이 많아졌다. 먹고 입고 공간을 채우는 일까지 그 무엇 하나도 '그냥' 선택하지 않는다.

물론 없던 취향이 어느 날 갑자기 생겼을 리는 없다. 옷을 만들면서 조금씩 취향의 윤곽이 잡히기 시작했다. 정확히 말하면 의상 패턴을 직접 그리면서부터다. 패턴은 사선이 좋을지, 아니면 곡선이나 직선이 좋을지를 고민하면서 직접 만들고 입어보며 관찰하는 과정을 반복했다. 그러다 보니 어느새 나에게 어울리는 패턴부터 어울리지 않는 패턴까지 모두 나의 취향을 드러내고 있었다.

원단의 재질도 마찬가지였다. 처음부터 특별히 선호하는 원단 소재는 없었지만 상대적으로 옷에 대중적으로 쓰이고 가격도 저렴한 면으로 의상 제작을 시작했다. 하지만 옷을 만들수록 면은 나와 맞지 않는 소재라는 생각이 강해졌다. 면은 소재 자체가 긴장감이 없어서 볼륨을 표현하기 어려웠고 실의 방향도 적나라하게 보여서 모호한 재질감을 표현하는 데 한계가 있었다. 그렇게 하나씩 원단들을 직접 만지며 옷을 만들고 나니 차츰 내가 어떤 소재를 좋아하고 싫어하는지가 분명해졌다.

색감에도 취향이 반영되었다. 예전에는 좋아하는 색깔을 묻는 질문에 특별히 좋아하는 게 없다고 이야기했다면 이제는 거의 모든 색깔을 좋아한다고 말한다. 정확히는 디자인 표현 방식에 따라 색감의 선호도가 달라졌다. 지금은 디자인 의도를 확실하게 나타내기 위해 완전 무채색을 쓰거나 최대한 화려해 보이도록 대비색을 쓰기도 한다. 어중간한 색깔을 섞어 쓰거나 비슷한 색깔을 배치하는 건 정체성 없는 사람처럼 보이기 때문이다.

나만의 취향을 찾아가면서 관점들이 생겨나기 시작했다. 그럴수록 그냥이나 남들 하는 대로가 아닌 내 나름의 가치관으로 세상을 보는 방식도 만들어져갔다. 음식, 가구, 제품 디자인 등 주변에서 마주치는 모든 것들이 흥미로워지자 자연스레 내가 무엇을 좋아하고 싫어하는지에 대해서도 조금씩 관심이 생겼다.

　무엇보다 취향을 가지면서 삶에 일어난 가장 큰 변화는 이전보다 좀 더 편하게 자신의 선택을 존중하며 산다는 점이다. 좋고 싫음이 분명하지 않았을 때는 불편해도 이유를 몰라 불편한 게 당연하다고 생각했다. 하지만 지금은 아닌 건 아니라고 당당히 말한다. 예전에는 순댓국의 뜨거운 국물 때문에 입안이 데이는 데도 후후 불며 먹는 게 자연스러웠다. 내가 뜨거운 음식을 좋아하지 않는다는 건 나중에서야 알았다. 이제는 뜨거우면 재료의 맛을 제대로 느끼지 못해서 음식을 음미하는 것이 아니라 뜨거움을 먹는 기분이라 별로 즐겨 먹지 않는다. 순댓국을 먹게 되더라도 순대와 고기, 밥을 각각 따로 덜어 먹는다. 별것도 아닌 순댓국 먹는 방식이 무슨 의미냐고 생각할 수도 있지만 이런 일상의 작은 부분들이 삶의 전반을 이해하게 만들기도 한다.

　지금의 나는 내가 먹고 싶은 방식으로 먹고 그 시간을 온전히 즐긴다. 그리고 나는 이런 태도가 창작의 시작이라고 생각한다. 무언가를 만들 때 정해진 방식을 따르기보다 자신이 좋아하는 것을 정의 내리고 좋아하는 방식대로 일단 시도해본다면 좋은 결과는 저절로 따라오게 된다. 이런 방법으로 자신만의 가치관을 형성해간다면 다른 사람들이 어떻게 생각하는지 눈치 볼 필요가 있을까. 나만의 가치관에서 나온 생각은 남들과는 다를 수밖에 없고 결과물 또한 색다를 것이다. 그리고 자신만의 가치관을 가지고 있을 때 다른 사람의 가치관을 존중하는 마음도 생겨난다. 관점이 없다면 이질적인 것은 쉽게 낯선 존재로 간주되어버리니까. 나의 관점이 다른 것이지 틀린 게 아니라고 인정하는 힘은 나 자신에서부터 시작한다고 매순간 느끼는 중이다.

그러다 문득 내가 왜 유독 비닐을 사용해 옷을 만드는지 이야기해보면 좋겠다는 생각이 들었다. 우리가 흔히 보는 소재의 가치를 자신만의 언어로 정의 내려보는 시간도 흥미로운 작업이라는 깨달음에서였다.

비닐이 좋은 이유

비닐은 특별한 소리를 가졌다. 관절 건강에 문제가 생겼을 때 들리는 소리를 제외하고 대부분의 경우에는 몸에서 아무 소리도 들리지 않는다. 비닐은 몸의 움직임에 따른 변화를 소리로 표현하며 생명을 불어넣어준다. 얇은 비닐은 '바스락'거리고, 두꺼운 비닐은 '뿌드득' 소리를 낸다. 때로 조용한 장소에서는 눈치가 보여 행동에 제약이 따르기도 하지만 옷이 자신의 존재감을 드러내는 건 역시 좋다.

투명하다. 디자인 측면에서도 비닐은 흥미롭다. 창문을 통해 보는 바깥세상이 때로 생경해 보이듯이 평범한 것도 투명한 유리창처럼 새로운 틀을 통해 보면 다르게 보인다. 몸을 인식하는 방식도 마찬가지다. 투명한 비닐로 신체의 일부나 또 다른 옷의 색깔을 보면 분명 흥미로운 지점이 드러난다. 옷을 만들 때 흔히 섹슈얼하다고 말하는 신체 부위를 제외한 다른 곳을 투명 비닐로 보이게 했더니 비닐이 있는 부위가 유독 특별하게 느껴지기도 했다. 비닐과 천의 대비 효과 때문에 투명하게 보이는 부분으로 자연스레 시선이 갔기 때문이다. 게다가 투명한 비닐 소재를 쓰면 안에 무엇이 들었는지도 확인할 수 있다. 이런 장점을 활용해 비닐로 지갑이나 가방을 제작하면 물건을 찾기 위해 여러 번 헤집을 필요 없이 한 번에 물건을 꺼내 쓸 수 있어 편리하다.

광택이 있다. 일반적으로 대부분의 원단은 광택이 없고 주변 환경에 따라 색깔이 변하지도 않는다. 그러나 비닐은 주변에 무엇이 있느냐에 따라 변화무쌍함을 보여준다. 비닐이 옷의 소재보다는 디자인 오브제로 많이 쓰이는 이유도 이 때문이다. 주변의 색을 흡수하기도 하고 반사하기도 하면서 다양하게 변하는 비닐의 가능성은 무궁무진하다.

먼지가 없다. 직조한 원단을 자를 때 생기는 먼지는 엄청나다. 바닥과 책상은 먼지 폭탄을 맞은 것처럼 온통 먼지로 가득해진다. 옷을 만들 때 반드시 마감 처리를 하는 이유이기도 하다. 그러지 않으면 입을 때마다 바닥에 떨어지는 먼지 덩어리를 보게 될 테니까. 하지만 비닐은 먼지를 남기지 않는다. 먼지가 잘 붙기는 하지만 천 헝겊으로 쓱 닦아주기만 하면 그만이다. 얼마나 좋은가, 빨지 않아도 닦아주기만 하면 먼지가 떨어진다니.

'뭐야, 고작 이런 이유로 비닐이 좋다고'라고 생각할지도 모르겠다. 나는 이 책을 읽는 당신에게도, 그리고 다른 모든 디자이너에게도 비닐을 강요할 생각은 없다. 그저 이게 나의 취향이고, 나의 이런 취향에는 분명한 이유가 있다는 걸 말하고 싶었다. 그리고 당신 역시 취향이 있고, 그 취향에는 분명한 이유가 있다. 각자 좋아하는 것의 특징을 적어보면 어떨까. 내가 쓴 좋아하는 이유, 그것이 바로 관점이다.

새로운 놀잇감을 찾는 마음

재료만 있다고 해서 음식이 완성되지 않듯이 생각 또한 숙성시키는 시간이 필요하다. 날것의 생각을 그대로 두면 부패하고 만다. 버리거나 간직하는 방법 중 간직하기로 마음먹었다면 부지런히 발전시켜야 한다. 그래야 생각도 숙성된 음식처럼 먹을 만한 무언가가 될 수 있다.

나는 생각을 구체적인 매체로 전환시켜야 정리하기가 쉬웠다. 어떤 방식으로 해도 상관없다. 다른 사람에게 말하거나 글로 써도 되고, 음성 녹음, 스케치, 직접 샘플을 만드는 것까지 방법은 무궁무진하다. 일단은 생각이 밖으로 나오기만 하면 된다. 창작은 결코 특별한 것이 아니다. 단지 표류

하는 생각에 관심을 기울이고, 만지고 느낄 수 있는 존재로 만들어가는 과정이 시작일 뿐이다.

생각을 빠르고 재미있게 확인하기 위해 내가 썼던 방법은 사람들과의 대화였다. 나는 '이런 거 재미있겠는데!'라는 생각이 들면 혼자만의 상상으로 머무르지 않고 주변 사람들에게 이야기했다. 특히 의상은 거의 대부분의 사람들이 관심을 가져서인지 쉽게 대화의 소재가 되었는데 덕분에 커피를 마실 때나 점심을 먹으면서도 수시로 아이디어를 말하면서 사람들의 반응을 관찰할 수 있었다.

내가 말하는 아이디어란 일상에서 하는 평범한 대화들이었다.

"앞뒤 구분 없이 바지를 입으면 어떨 거 같아? 옷이 두 벌이 되면 좋지 않을까?"

"소매가 분리되어서 오늘같이 변덕스러운 날에 긴팔, 반팔로 입으면 어때?"

나이, 학력, 국적, 성별, 성격, 관심사가 다른 사람들의 다양한 반응만큼 좋은 피드백은 없었다. 하지만 날 선 비판 또한 피할 수 없었고 아무 사람이나 붙잡고 이야기를 늘어놓을 수도 없었다. 흥미 없는 이야기를 듣는 시간만큼 지루하고 재미없는 일도 없으니까. 다행히 주변에 디자인에 관심과 호기심을 가진 친구들이 많다 보니 든든한 후원자를 가진 느낌이었다. 그런 면에서 나는 운이 좋은 편이었다. 혼자 생각하고 혼자 만들어냈다면 그토록 오래, 또 즐겁게 창작을 하지는 못했을 테니까.

서로의 공통분모를 만들었던 시간

2017년 봄, 필리포는 회사에서 패션쇼에서처럼 워킹을 하고 있었다. 필리포는 패션모델이 아닌 건축가였으며 그가 있는 곳은 의상 스튜디오도, 의상 관련 일을 하는 곳도 아닌 장 누벨 디자인회사 안이었다. 주로 책상 앞에 앉아 컴퓨터 모니터와 씨름하는 날이 대부분이었지만 회사 분위기는 자유로웠고 근무시간도 원하는 대로 조절할 수 있었다. 늦게 출근하면 늦게 퇴근하면 되었고, 점심시간을 평소보다 더 길게 쓰면 그날이나 다른 날에 몰아서 일을 할 수도 있었다. 일의 강도와 업무 시간을 조절하는 것은 각자의 몫이었다.

그래서인지 점심시간에 평소와 다른 행동을 해도 전혀 이상하게 보지 않는 분위기가 형성되었다. 오히려 평범하면 안 될 것 같은 분위기마저 있었다. 물론 평범의 정의가 관점에 따라 다르게 정의되지만 말이다.

필리포는 동료들에게 여유로운 웃음을 지어 보이며 다양한 포즈를 취했다. 젠틀하면서 유머러스한 그는 회사의 분위기 메이커였다. 필리포에게는 분명 사람들을 기분 좋게 만드는 무언가가 있었다. 그가 테이블에 앉아도 보고 한쪽 다리를 올리며 여러 포즈를 취하는 동안에도 움직이는 데는 전혀 불편함이 없는 듯했다. 필리포는 어색해하기는커녕 자신을 지켜보는 동료들의 시선을 즐기고 있었다.

'옷이 그와 닮았다!'

필리포는 주로 티셔츠와 청바지를 입는 편이었는데 호기심도 많고 자유분방한 성격이라 평소에 입지 않는 옷도 잘 소화해냈다. 그의 몸 위에서 살아 숨 쉬는 옷을 보니 신기하면서도 처음 느껴보는 낯선 느낌에 또 다른 작업을 할 수 있겠다는 강한 예감이 들었다. 그때 나는 3년 정도 패턴 연구를 한 상태였고, 원단을 다루는 일과 재봉에도 제법 익숙해진 터라 다른 사람의 옷을 만들고 싶다는 생각에 사로잡힌 상태였다.

　다가오는 여름휴가와 친구 결혼식에 입고 갈 옷을 고민하는 필리포에게 나는 옷을 직접 만들어 입자고 제안했다. 검정 리넨 재킷과 바지 그리고 베이지 리넨 반팔 티셔츠가 어떠냐고 물어보니 그는 너무 난해하지만 않으면 괜찮다며 흔쾌히 제안을 받아들였다. 그렇게 서로 의견을 주고받고 생각을 조금씩 다듬어가면서 그에게는 너무 낯설지 않으면서 내게는 연구한 패턴에서 너무 멀지 않은 균형을 함께 찾아갔다. 퇴근 후 내가 집에서 만든 샘플을 회사로 가져오면 필리포는 점심시간을 이용해 옷을 직접 입어보며 고칠 부분을 체크해나갔다. 이런 과정을 반복하면서 작업을 한 끝에 다행히도 결혼식 전에 세 벌의 옷을 완성할 수 있었다.

　그때 오고 갔던 대화가 정확히 뭐였는지는 기억나지 않지만 당시 분위기와 우리들의 표정, 그리고 즐거웠던 느낌만은 여전히 생생하다. 옷의 볼륨이 이상하면 난감하면서도 황당해서 웃음이 절로 나왔고, 여러 번의 수정 끝에 옷의 실루엣이 꽤 괜찮게 나오면 만족스러운 웃음이 지어지기도 했다. 그의 격려와 배려 덕분에 '할 수 있을까?'라는 걱정은 뒤로하고 즐겁게 작업에 임했다. 내가 만든 옷을 입고 회사 화장실 거울에 비친 자신의 앞, 뒤, 옆모습을 보는 필리포의 표정 변화를 관찰하면서 그가 특유의 익살스러운 웃음소리를 낼 때면 말로 표현할 수 없는 행복감이 느껴졌다.

회사 안에는 또 다른 모델이 존재했다. 바로 행정 책임자였던 발렌틴. 내 어머니와 나이대부터 체구까지 비슷했던 그녀에게 자연스레 호감이 갔다. 게다가 같은 헬스장을 다니던 우리는 패션과 디자인이라는 공통 관심사 덕분에 어렵지 않게 친해질 수 있었다. 발렌틴은 나이, 국적, 직업에 상관없이 친구가 될 수 있다는 것을 알려준 사람이었다. 그녀는 에르네스토와 내가 사업을 시작한 이후에 자신이 아는 패션계 지인을 소개시켜주었고, 바쁜 와중에도 우리의 작업실에 들러 프로젝트 진행 사항을 모니터링해주기도 한 고마운 친구였다.

한 달이 넘는 시간 동안 출근 전 새벽 시간을 틈틈이 이용해 완성한 원피스를 들고 집을 나섰다. 어느 때보다 긴장감과 설렘으로 가득한 특별한 아침, 원피스를 입은 발렌틴의 반응이 궁금했다. 상체가 커서 마음에 드는 옷을 찾기가 어렵다는 그녀의 말을 듣고 만들기 시작한 원피스였다. 마침 정장으로 쓰기 좋은 천이 있어 호기롭게 도전했지만 역시 옷을 만드는 건 생각만큼 쉽지 않았다. 상체가 강조되도록 볼륨이 들어간 상의를 제작했다가 그녀가 원하는 핏이 아니라서 여러 번의 수정을 거듭하기도 했다.

옷을 만들면서 발렌틴이 자신의 몸을 어떻게 생각하고 어떤 관점을 갖고 생활하는지 평소에는 듣지 못했던 이야기를 들을 수 있었다. 대화를 하며 인간적으로 그녀를 이해하는 폭이 넓어졌고 어느새 발렌틴에게 깊은 친밀감도 가지게 되었다. 나는 발렌틴에게 나와 같이 옷을 만든 느낌이 어땠는지 물었다.

"솔직히 많이 놀랐어. 오로지 나를 위해, 세월의 흔적이 묻은 내 몸매를 위해 옷을 만들어준 거잖아. 결국에는 내 결점조차 장점으로 승화시키는 옷을 만들었고. 함께 시간을 보내고 고민하는 시간들이 좋았어. 사실 누군가 나만을 위해 시간을 쓰는 게 무척 낯선 일이잖아. 그 덕에 옷의 원단부터 색감, 형태, 볼륨까지 전부 나에게 맞춰진 옷을 입게 되었고. 나한테는 정말 선물 같은 경험이었어."

발렌틴이 2020년 연말 미술관 VIP 오프닝에 원피스를 입고 온 자신의 사진을 메시지로 보냈다. 단순한 옷이 아니라 같이 작업한 추억과 열정이 담겨서인지 나도 모르게 옷을 만들던 때로 시간 여행을 떠나기도 했다.

일로 만난 사이인 나와 발렌틴은 하루 7시간, 주 5일 똑같은 장소에서 보는 직장 동료로 남을 수도 있었다. 그러나 각자의 내면에 쌓인 디자인에 대한 열정을 다른 방식으로 표출하는 데 우리 모두는 동의했고, 그렇게 새로운 경험과 또 다른 추억을 쌓으며 서로를 이해하는 시간이 늘어났다. 사람들 간의 공통분모를 만들어주는 창작은 삶을 즐기는 또 다른 방식이지 않을까. '같이 놀아야 흥이 배가 된다'라는 말은 창작에도 꼭 들어맞는 말이다.

어느 날 문득 가방을 만들고 싶었던 건축가들

여기저기 흩어진 종이와 천 조각으로 거실은 난장판이었다. 전신 거울 앞에 선 필리포와 에르네스토는 백팩을 멘 자신들의 모습을 여러 각도로 바라보고 있었다. 나는 평소에는 보지 못할 두 사람의 모습을 스마트폰 영상으로 담았다. 프랑스 남부에 있는 마르세유에서 파리로 여행 온 에르네스토의 친구 두 명도 마침 집에 도착해 우리의 모습을 멀찍이서 지켜보는 중이었다.

내가 만든 가방을 다른 사람에게 보여줄 생각은 없던 터라 막상 그런 상황이 닥치니 낯설고 창피했다. 반면 사람들이 어떤 반응을 보일지 궁금한 마음도 없지는 않았는데 에르네스토의 친구들과 짧은 인사를 마친 후 하던 일에 열중하던 우리의 등 뒤에 꽂힌 말은 순식간에 어색했던 분위기를 바꾸어놓았다.

"에르네스토는 둥근 어깨고, 필리포는 각진 어깨라 같은 가방인데도 느낌이 다르네!"

이 한마디에 집 안에 있던 모든 사람이 웃음을 터트렸다. 그런데 듣고 보니 정말 두 사람의 어깨 모양에 따라 가방이 다르게 보였다. 옷뿐만 아니라 가방 또한 사람의 체형과 상호작용을 하고 있었다. 가방이 바닥에 놓여 있을 때 보였던 형태와 볼륨은 사람의 등 뒤에서는 사뭇 달라졌다. 팔다리가 쉴 새 없이 움직이는 사람의 몸은 바닥이나 벽과 다르게 유동적이었고, 가방에 물건을 넣으면 하중 때문에 바닥 부분이 밑으로 쳐지면서 형태도 달라졌다. 옷과 마찬가지로 가방을 만드는 일 또한 쉽지 않았다. 역시 직접 해보면 항상 나의 예상을 벗어나는 일들이 생겼다. 잘 모를 때는 모든 게 쉬워 보여서 겁 없이 뛰어들게 되기도 하지만 말이다.

2016년 어느 날, 갑자기 가방을 만들면 어떤 형태가 나올지 궁금해진 건축가 세 명은 그렇게 직접 가방을 제작하게 되었다. 우리는 장 누벨 디자인회사에서 같이 일하는 동료이자 친구로 회사 밖에서도 자주 보는 사이였다. 성격, 나이, 국적은 다르지만 디자인을 향한 서로의 열정은 누구보다 이해하고 존중했다. 각자가 너무도 다르다 보니 공유할 경험도 풍부했고, 나눌 이야기도 끊이지 않아서 자주 만나도 항상 많은 말을 나누게 되었다.

구체적인 계획이나 목적 없이 우리는 그냥 하고 싶은 걸 즐기면서 새로운 놀잇감을 찾는 마음으로 가방을 만들었다. 지난주에는 여름휴가를 주제로 대화를 했다면 이번 주에는 가방을 만들면서 토요일을 보내는 느낌이랄까. 시작은 셋이서 길을 걷다 나눈 소소한 대화에서였다.

"마음에 쏙 드는 가방이 없어. 옆으로 메는 가방은 많은데 백팩은 다 거기서 거기야!"

"그래? 그럼 우리가 만들어볼까?"

"좋아, 어떤 디자인이 나올지 궁금한데!"

그 길로 에르네스토는 작업 공간을 찾아보고, 나는 미싱을, 필리포는 몽마르트르 성당 입구에 있는 라헨느라는 천 가게에서 인조가죽을 사 왔다.

처음에는 각자가 원하는 콘셉트에 따라 샘플을 제작했다. 전문적으로 가방을 제작하는 방법을 배운 적은 없지만 평면을 붙여 입체를 완성하는 건축모형처럼 가방도 직관적으로 만들면 될 것 같았다. 흰 종이 위에 원하는 형태와 치수를 그린 후 도면에 맞춰 자른 천을 재봉하니 볼륨이 생겼고 동일한 과정을 반복하자 스케치와 비슷한 모양이 완성

되어갔다. 이후 자신과는 맞지 않는다는 필리포의 결정에
따라 가방 만들기는 흐지부지되었지만, 우연히 시작한 이
일은 에르네스토와 내가 동업을 결심하는 계기가 되었다.
그때 떠올린 아이디어로 사업을 하게 되었으니까 말이다.
앞뒤 재지 않고 시작한 사소한 행동이 이렇게 삶에 많은 변
화를 일으키기도 한다.

엉뚱한 생각이 현실이 되는 시간 단 몇 초

마르고네 집으로 가는 길, 나는 그녀를 에르네스토의 생
일 파티에서 만났다. 패션계에서 일하는 마르고와는 말이
잘 통했고 사업을 시작한 이후로 조언을 구하면서 더욱 각
별해졌다. 그녀가 파리에서의 삶을 정리하고 자연과 가까운
곳으로 가족들과 함께 떠나기 전, 에르네스토와 나는 마르
고가 마지막으로 친구들을 초대한 자리에 참석하기 위해
평소보다 일찍 작업실을 나왔다. 지하철을 여러 번 갈아타
기보다 마르고의 집으로 바로 가는 지하철을 타는 게 좋겠
다는 생각에 우리는 작업실에서 레퓌블리크 광장까지 걸어

가기로 했다. 역까지 천천히 걸으면 20분 정도 걸렸는데, 늦봄이어서 이미 가로수는 초록색 잎으로 덮여 있었고 햇볕은 따스했다. 파리 시내는 도보로 다녀도 부담스럽지 않을 만큼 작은 편이어서 시간만 여유 있다면 지하철을 타는 방법보다 걸어 다니는 쪽이 주변을 보는 재미가 쏠쏠했다.

에르네스토는 사촌 결혼식에 입었던 검정 재킷과 바지를 입고 있었다. 패턴은 평범하지만 소매가 삼단으로 분리되는 재킷이었는데 진동선과 팔꿈치 부분에 달린 지퍼를 이용해 민소매와 반팔, 긴팔로 만들 수 있는 옷이었다. 실제로 에르네스토는 사촌 결혼식에서는 소매를 붙여서 재킷으로 입고, 피로연에서는 소매를 떼어내 민소매 상태로 춤을 추었다고 했다. 분리한 소매를 어디다 두었는지 까먹어서 찾느라 고생했다는 점 말고는 실생활에서 꽤 쓸 만한 콘셉트의 옷이었다. 에르네스토가 입은 바지 또한 분리해서 반바지나 긴바지로 입을 수 있었다.

나는 살구색 비닐 재킷을 입었는데 보온보다는 간절기에 필요한 바람막이 역할로 만든 옷이었다. 이 재킷도 팔꿈치에 있는 지퍼로 분리가 가능했다. 낮에 온도가 올라가면 소매를 떼어내 좀 더 가볍게 입고, 저녁에 바람이 불거나 공기가 스산해지면 가방에 넣어두었던 소매를 옷에 붙여서 긴 소매로 만들면 되었다. 한국에서 맞은 첫봄과 가을에 꺼내 입기도 했던 이 옷은 에르네스토와 창작을 순수하게 놀이로서 즐겼던 순간을 회상하게 해주는 물건이다.

그렇게 에르네스토와 길을 걷던 중 갑자기 한 가지 생각이 머리를 스쳤다.

'소매가 분리되면 다른 옷의 소매도 붙일 수 있지 않을까?'

마침 에르네스토와 내 옷에 달린 지퍼가 동일했기에 우리는 걸음을 멈추고 각자의 소매 한쪽씩을 떼어내 나는 검은색 소매로, 에르네스토는 살구색 소매로 바꿔 달았다. 검은색 바탕에 살구색, 살구색 바탕에 검은색. 서로의 색이 교차되는 옷은 커플룩처럼 보이기도 했다. 갑자기 떠오른 엉뚱한 생각을 행동으로 옮기는 데 드는 시간은 단 몇 초. 자칫 지루할 수 있는 지하철역으로 가는 길이 우리에게는 프로젝트의 가능성을 실험하는 시간이자 옷의 일부를 바꿔보는 놀이처럼 다가왔다. 오랜 시간 놀이의 즐거움을 잊은 어른으로 살다가 이렇게 단순한 행위로도 무언가를 즐길 수 있다는 사실에 나는 적지 않게 놀랐다.

"하하, 정말 되네. 그리고 생각보다 괜찮아!"

그 순간 우리는 낄낄대며 웃기 시작했다. 별거 아닌 일에도 하하 호호 웃는 아이들처럼. 특별한 이벤트도 아니었고 일부러 상대방을 웃기려고 한 행동도 아니었다. 결국 기억에 남게 되는 일들은 의외로 평범한 일상 속에서 경험한 예상 밖의 행동이었다. 평소에 하던 소소한 행동을 즉흥적으로 느끼는 대로 했을 때 재미가 생겼고 즐거운 감흥은 오래 지속되었다. 아직까지 그때의 좋은 느낌이 구체적으로 떠오르는 걸 보면 행복해지는 방법을 멀리서 찾을 필요는 없어 보인다. 우리는 그 상태로 지하철을 타고 마르고네 집에 도착해 기분 좋은 시간을 보냈다. 그녀와 그녀 가족의 새로운 삶에 응원을 보태며.

—

건축가가 지갑을 만드는 방식

2019년 9월, 의상 제작을 계속하고 싶은 건지 아니면 익숙한 건축으로 다시 돌아가는 게 맞을지 심각한 고민에 빠져들었다. 앞으로 무슨 일을 해야 할지 갈피를 잡기 어려웠지만 고민 끝에 알 수 있었던 한 가지는 '사업을 제대로 해보지도 않고 포기하고 싶지는 않다'라는 것이었다. 이전보다 규모는 작더라도 브랜드 정체성을 효과적으로 전달하는 방식으로 재도전하고 싶었다. 패션위크에 발표한 의상 중 한두 개를 선택해서 펀딩을 해볼까도 생각했었다. 앞뒤로 입는 옷, 접었다 폈다 하는 옷, 옷의 길이를 조절할 수 있는 옷 등이 그것이었다. 하지만 모두 다 창업 아이템으로는 적절하지 않았다. 브랜드마저 생소한데 실험적인 콘셉트로 사업을 시작하는 건 위험해 보였지만 내 판단이 맞는다고 증명할 방법은 없었다. 소비자의 반응을 확인하기 전까지는 어떤 확신도 의미가 없을 테니까. 결국 '한번 써볼까'라는 생각이 들 정도로 접근 가능성이 높으면서 브랜드 정체성을 잘 드러내는 제품이 내 상황에 가장 맞는 선택이었다.

그래서 시작한 활동이 지갑 프로젝트였다. 파리 20구 작업실을 비우기 전까지 그곳에서 지갑 디자인을 하면서 여러 샘플을 만들었다. 파리 패션위크에 참가했을 때 저질렀던 실수를 반복하지 않으려고 어느 정도 콘셉트가 정리되자 디자인을 구체적으로 발전시키기 위해 제작자를 찾아 나섰다. 지갑 소재로 쓸 PVC(폴리염화비닐)와 가죽, 부자재를 알아보면서 구체적인 사업 구상도 이어나갔다. 그해 11월 갑작스럽게 한국행을 결정하지 않았더라면 지금쯤 지갑 사업을 하고 있을지도 모른다. 그때는 이렇게나 많은 시간이 흐른 후에야 지갑 프로젝트를 시작하게 될 줄은 몰랐다.

2021년 11월, 나는 집 안 곳곳에 흩어진 지갑 샘플을 찾아 전부 테이블 위에 올려놓았다. 한국에 입국할 때 택배가 아닌 캐리어에 지갑 샘플을 담아왔을 정도로 나한테는 중요한 물건이었다. 그런데 그사이에 샘플을 어디에 두었는지조차 기억 못 할 정도로 온 신경이 다른 곳에 집중되어 있었나 보다. 검은색 소가죽, 갈색 양가죽, 검은색 유광 가죽, 무광 회색 가죽, 오렌지색 비닐, 노란색 비닐…… 한 공간에 모아놓은 갖가지 샘플들이 흰 테이블과 대조되어 더 튀어 보였다.

똑딱똑딱. 지갑을 열고 닫을 때 나는 스냅단추의 소리는 시간이 흘렀음에도 변함없이 그대로였다. 하나의 지갑으로써도 되고 원한다면 두 개의 지갑으로도 조합 가능한 콘셉트. 이를 가능하게 해주는 동시에 지갑 프로젝트의 중추적인 역할을 담당하는 게 바로 이 스냅단추였다. 외장재는 바꿀 수 있어도 건축구조는 쉽게 변경할 수 없듯이 지갑의 소재와 색상은 바꿀 수 있다 해도 단추의 종류와 배치 방식은 변경할 수 없었다. 조금이라도 위치가 변경되거나 '오목(-) 볼록(+)'이 아닌 '오목(-) 오목(-)'이나 '볼록(+) 볼록(+)'의 조합이 되어버리면 지갑 모듈 제작은 불가능해졌기에 각 요소들이 체계적으로 만나도록 구조적인 틀을 제작해나갔다.

2년 동안 지갑을 사용한 경험을 바탕으로 지갑 모듈에서 고칠 부분을 찾아 분석했다. 그때 문득 전 직장 동료이자 친구인 마갈리와 했던 대화가 생각났다. 회사 근처 프랑스 가정식 레스토랑에서 점심을 먹은 날이었다. 우리는 식당 앞 테이블에 자리를 잡고 앉아 서로의 근황을 주고받으며 주문한 음식을 기다리고 있었다. 그러던 중 내가 지갑 프로젝트 이야기를 꺼내게 되었고, 마침 출력해놓은 디자인 설명서를 마갈리에게 보여주며 대화를 이어갔다. 건축 프레젠테이션에서 흔히 사용되는 해체 엑소노메트릭(exploded axonometric) 방식으로 표현한 디자인 콘셉트를 보던 그녀가 질문을 던졌다.

"그럼 카드 지갑이랑 동전 지갑 부분이 따로 분리되는 거야?"

"아니, 분리되지는 않아. 이건 동전과 카드의 자리를 표현한 건데, 세 가지 변화 패턴이 있어서 구분하려고 위치만 나타낸 거야. 지폐 부분은 동일하고 카드 – 카드, 카드 – 동전, 동전 – 동전으로 구성된 모듈 중 하나를 사용자가 선택하는 거지. 지갑과 또 다른 지갑이 단추로 탈부착 가능해서 두 개의 지갑을 동시에 갖고 다닐 수도 있고 한 개만 들고 다닐 수도 있어. 특히 여행 갈 때 편할 거 같지 않아? 적어도 두 나라의 화폐가 섞이는 일은 없을 거야."

나는 그녀의 질문에 별다른 생각 없이 설명을 계속했고 어느새 음식이 도착해 다른 이야기로 넘어가며 식사를 마쳤다. 왜 갑자기 그때의 상황이 떠올랐을까? 당시에는 미처 답하지 못했던 질문에서 새로운 답을 찾은 느낌이었다.

'왜 지갑을 모두 분리할 생각을 안 했지? 그럼 훨씬 재미있고 간단해지는데!'

카드 지갑과 동전 지갑이 부착된 지갑은 한 소재에 총 세 개의 샘플을 만들어야 한다. 카드-카드, 카드-동전, 동전-동전까지 총 세 개의 옵션이 있기 때문이다. 예를 들어 소가죽에 두 가지 색상을, PVC 소재에 두 가지 색상으로 편딩을 한다면 총 12개의 샘플이 필요하다. 보통 샘플 비용이 15만 원에서 20만 원인 점을 감안하면 12개의 샘플을 제작하는 건 비용 면에서 부담스럽기도 하다.

무엇보다 큰 문제는 지갑 콘셉트에서 발견한 결함이었다. 소재나 색상 옵션이 많은 만큼 선택권도 다양했지만 소비자의 여러 상황과 취향을 반영하지는 못한 디자인이었다. 지폐 칸이 필요 없거나 카드 지갑 하나만 들고 다니는 사람들도 있지 않을까? 물론 사용자의 요구사항 전부를 완벽하게 반영한 제품을 만들 수는 없고 그런 부분에서 기성 제품은 핸드메이드를 따라갈 수 없다. 그러나 다양한 모듈을 선택해서 지갑의 형태를 완성하는 방식은 가능하다는 생각이 들었다.

지갑을 해체하다

마갈리가 설명서에서 봤던 대로 나는 동전, 카드, 지폐 부분을 따로 분리해보기로 했다. 그리고 각각 분리한 구성 요소를 모듈이라고 정의 내렸다. 각 모듈은 그 자체로 하나의 완제품이었지만 다른 모듈과 조합될 가능성을 남겨놓았다. 상황에 따라 더 많은 공간이 필요하다면 동전과 동전, 카드와 카드, 카드와 동전으로 조합할 수 있었고 지폐 칸이 필요하다면 지폐 모듈에 카드나 동전 모듈을 부착하면 되었다. 이렇게 하면 사용자의 취향이나 필요에 따라 원하는 이미지의 지갑을 만들 수 있었다. 다만 이미 설정해놓은 스냅단추

의 배치 방식이라는 구조 안에서만 조합이 가능하다는 제약
은 존재했다.

만약 지폐를 A, 카드를 B, 동전을 C라고 한다면 아래처
럼 총 11개의 경우의 수가 생긴다.

A, B, C

AB, AC, BB, BC, CC

ABB, ABC, ACC

재료와 색상이라는 변수를 추가하면 경우의 수는 몇 배
로 늘어난다. 지갑의 각 요소를 모듈 단위로 축소했기 때문
에 더 이상 간단해질 수 없다고 생각했는데, 경우의 수를 나
열해보니 디자인을 너무 복잡하게 만들었나라는 걱정이 들
기도 했다.

상상을 현실로 만들 때 예상하지 못한 변수가 나타나면
나는 하고자 했던 디자인의 현실성을 의심하게 된다. 게다
가 의상과 달리 지갑은 소재에 따라 제작하는 사람 또한 달
라야 한다는 점을 미처 예상하지 못했다. 한곳에서 모든 소

재를 다뤄줄 수 있으리란 생각은 착각에 불과했다. 그때 다시 느꼈다. 경험은 성장의 자극제이면서 동시에 편견이 되기도 한다는 것을. 비닐은 소재가 주는 이미지에 비해 상당히 제작이 까다로워서 비닐을 다룬 경험을 가진 제작자를 따로 찾아야만 했다. 가죽을 전문으로 다루는 제작자 중 비닐까지 다루는 제작자는 흔치 않았고, 비닐을 다룬다고 해서 작업을 의뢰해보면 정작 만들어진 샘플은 만족스럽지 못한 경우도 많았다. 더욱이 가죽 지갑과 비닐 지갑은 크기와 스냅단추의 위치만 같을 뿐 완성하는 디테일이 달랐기에 소재에 따라 디자인도 새롭게 바꿀 필요가 있었다.

다행히 수많은 샘플을 만들면서 소재의 특성을 더 잘 이해하게 되었고, 이를 디자인으로 전환시키는 작업은 제작자와 많은 대화를 통해 가능했다. 하지만 간단해 보이는 콘셉트에 비해 현실화하는 과정이 순탄치만은 않았다.

프로젝트의 필수 요소, 스냅단추

영어로 '스냅버튼(snap buttons)', 프랑스어로는 '부통프

레시옹(bouton－pression)'이라 부르는 스냅단추는 소재나 형태에 따라 합단추, 가시도트단추, T단추, 스프링스냅단추, 링스냅단추 등 종류가 다양하다. 공통점은 모두 한 쌍으로 이루어져 있고 맞대어 누르면 끼워진다는 것이다. 프랑스어 명칭에서 보이는 압박(pression)처럼 힘을 주어 눌러야 끼워지고 떼어낼 때도 역시 손가락 끝에 힘을 줘야 떨어진다. 끼울 때는 '똑', 뗄 때는 '딱' 하고 소리가 나는 점도 특징이다.

원단도 중요하고 디자인도 중요하지만 지갑 프로젝트에서 가장 중요하게 고려한 요소는 스냅단추였다. 원하는 단추를 찾지 못하면 프로젝트를 진행하지 못할 정도로 스냅단추는 프로젝트의 필수 요소였다. 탈부착을 이용하는 모듈의 조합은 스냅단추를 통해서만 가능했기 때문이다. 그래서 어느 정도 디자인 도안이 나왔을 때 가장 먼저 든 생각은 동대문에 가야겠다는 것이었다. 프랑스에서 주로 사용했던 직경 9밀리미터의 스냅단추를 계속 쓸 수 있는지, 없다면 수입을 할 수 있는지, 그것도 어렵다면 더 나은 제품을 구할 수 있는지 확인하기 위해 동대문으로 향했다. 프로젝트의 특성상 스냅단추로 연결된 모듈은 겹쳐지면 두꺼워졌다. 이 부분을 해결하려면 직경이 작으면서 두께가 얇고, 쉽게 떨어지지 않을 만큼의 강도를 지니면서 힘을 많이 주지 않아도 잘 떼어낼 수 있어야 한다는 조건 모두를 충족하는 단추를 찾아야 했다.

직접 발로 뛰며 동대문에서 여러 단추를 구해 지갑 샘플에 적용시켰지만 결과는 만족스럽지 못했다. 지퍼나 단추 하면 대표적으로 떠오르는 R사나 Y사에서는 적은 수량의 단추는 판매하지 않아서 손쉽게 구매하기가 어려웠고, 원하는 직경과 색상의 제품을 판매하고 있지도 않았다.

절망스러웠다. 프랑스에 있는 친구에게 부탁하는 방법까지 고민했지만 장기적으로 봤을 때는 결코 좋은 선택이 아니었다. 시작도 못 해보고 프로젝트를 포기해야 할지도 모른다는 불안감에 휩싸여 그렇게 기운 없이 며칠을 보냈다. 그러던 어느 날, 인터넷에서 지갑과 가방 부자재를 구입하려면 신설동 가죽 거리에 가보는 게 좋다는 글을 읽고 무작정 가죽 거리로 갔다. 그곳에서 스냅단추로 많이 쓰이는 일본 브랜드 제품과 프랑스에서 접했던 다른 제품을 구매해서 샘플을 만들어봤지만 프로젝트와 맞는 단추는 없었다. 그러다 기대도 없이 우연히 들른 부자재 가게에서 원하는 요소를 갖춘 이탈리아 브랜드 단추를 발견했다. 외관, 강도, 디테일, 두께까지 모두 내 마음에 쏙 들어서 마침내 이 단추를 최종 스냅단추로 확정하게 되었다.

만약 원하는 단추를 끝내 찾지 못했다면 어떻게 되었을까. 아마 시작조차 못 하고 프로젝트를 그만두었을 것이다. 그만큼 프로젝트에 쓰인 스냅단추는 가볍게 대체할 만한 흔한 부자재가 아니었다.

브랜드명을 짓는 게 이렇게 어렵다니

창업한 패션회사의 이름을 지을 때도 파트너와 1년 넘게 고민했지만 쉽사리 결정을 내리지 못했다. 법인 회사명이자 브랜드명을 등록시켜야 했는데 우리는 이름 짓는 과정이 설계나 디자인을 하는 일보다 훨씬 어렵다며 투정을 늘어놓기만 했다. 가끔씩 마음에 드는 이름이 생겨도 이미 사용 중인 경우가 대부분이었고 듣기도 좋고 간단하면서 프로젝트를 연상시킬 법한 이름은 이미 다른 곳에서 사용하고 있었다. 사람 생각이란 게 거의 다 비슷하다는 푸념 섞인 말을 해봐도 바뀌는 건 아무것도 없었다. 고민 끝에 우리는 원하는 단어를 조합해서 새로운 이름을 만들기로 했다.

PAMLAB: Prêt-À-Monter LABoratoire

'프레타몽테(Prêt-À-Monter)'는 사용자가 조립하며 만들 수 있는 부품 세트로, 영어 '키트(kit)'와 같은 뜻이다. 그러니까 '팜랩(PAMLAB)'은 완성된 제품이 아니라 사용자가 참여해서 다양한 모습으로 바꿔가며 사용하는 제품 개발 디자인연구소를 뜻한다. 하지만 어렵게 지은 회사명에 대한 구체적인 피드백을 받기도 전에 여러 상황으로 사업을 접어야 했다. 아쉽지만 어쩔 수 없는 결정이었다. 프랑스를 떠날 때는 다시 사업을 시작할 가능성도 염두에 두었기 때문에 회사는 그대로 두고 왔지만, 한국에 정착한 지 1년이 넘었을 때 어느 누구도 회사를 다시 운영할 만한 여력이 되지 않아 결국 법인해산절차를 밟아야만 했다. 팜랩은 그렇게 존재하지 않는 이름이 되었다.

　새로 시작하게 된 디자인 브랜드명을 지을 때도 역시 쉽지 않았다.

　며칠 동안 머리를 부여잡고 '픽메이크(PICKMAKE)'와 '톡택(TOCTAC)'이라는 두 개의 브랜드명을 생각해냈지만 결과는 모두 탈락. 고민 끝에 지은 브랜드명이었지만 이미 비슷한 브랜드명이 존재하거나, 같은 산업군에 속하는 브랜드명으로 등록되어 있어 적합하지 않다는 게 변리사의 소견이었다. 산 넘어 산이었다. 단추를 못 찾았을 때도 프로젝트를 진행시킬 수 없을까 봐 불안했는데 이번에는 브랜드명이 새로운 장벽으로 다가왔다. 다시 한 번 펀딩을 향한 내 의지가 얼마나 확고한지 테스트받는 기분이었다.

　다시 처음부터 시작하기로 한 나는 한글, 영어, 프랑스어, 라틴어, 스페인어까지 모조리 검색하며 한국과 프랑스에서 브랜드명으로 쓸 수 있는 단어인지 스스로 일차 확인을 해나갔다. 변리사에게 브랜드명 사용 여부를 의뢰하는 데도 추가 비용이 발생했기 때문이다. 결국 나는 핵심으로 돌아가 브랜드명을 새롭게 만들기 시작했다. 내가 프로젝트를 통해 무엇을 말하고 싶은지를 문장으로 쓰고 난 후 문장의 앞부분을 조합하자 새로운 합성어가 탄생했다.

DEconstruct+RECompose+Create=DERECC

'디렉(DERECC)'에는 우리에게 익숙한 사물을 해체, 재조합하는 과정을 통해 새롭게 만든다는 의미를 담았다. 변리사의 긍정적인 소견을 받아 이 이름으로 브랜드명을 등록해둔 상태지만 이후로 거쳐야 하는 10개월에서 1년 정도의 심사 결과에 따라 등록이 거절당할 수도 있다고 했다. 세상에 없는 상표를 고민하던 시간들을 지나오며, 사업이란 어떤 일이 닥칠지 모르는 불안한 상태에서도 역동적으로 앞으로 나아가야 하는 외줄 타기와 같다는 생각이 들었다. 지금도 매번 새로운 일과 마주하면 두려움이 앞서지만 일단 해보는 경험이 쌓일수록 불안함과 함께 사는 법을 배우며 나만의 성장을 이어가고 있다.

—

누구나 창작자가 되는 세상, '창작 플랫폼'

지갑이라는 새로운 세계에 발을 들여놓는 순간 어떤 것
도 쉽지 않으리라 예상했지만 이렇게까지 막막한 감정을
느낄 줄은 몰랐었다. 두 손을 열심히 움직이면 지갑 디자인
의 윤곽이 잡혔고, 두 발로 여기저기 뛰어다니면 원단과 부
자재를 찾아낼 수 있었다. 그런데 제작은 내가 어떻게 할 수
없는 영역이었다. 제작자를 찾기 위해서는 이곳저곳 수소문
을 하고 인터넷 검색을 해보며 직접 문을 두드리는 방법밖
에 없었다. 프로젝트를 잘 이해하고 생각한 방향을 구체적
으로 실현시켜줄 만한 사람이면 되었는데 그런 제작자가
어디에 있는지, 그리고 어떻게 찾을 수 있는지는 도통 감이

잡히지 않았다.

제작자를 찾지 못하면 다음 단계란 없었다. 수없이 발품을 판 끝에 가까스로 신설동에서 멀지 않은 곳에서 적당한 제작소를 발견할 수 있었다. 제작소에 처음으로 전화를 건 순간 전화기 너머로 들려오는 "여보세요"라는 말이 어찌나 떨리던지. 한국에서 프랑스어도 아닌 익숙한 한국말을 듣는데 이토록 긴장되는 건 처음이었다. 무슨 말을 어떻게 시작해야 하는지 몰라 다짜고짜 직접 만든 샘플이 있으니 일단 만나서 이야기를 나누자고 제안했다.

그렇게 방문하게 된 제작소에 처음으로 들어서자마자 여기다라는 예감이 들었다. 한눈에 들어오는 테이블 배치 방식과 깔끔하게 정리된 작업 공간이 마음에 들었다. 정확한 견적을 얻으려면 우선 어떤 제작자를 만나든 샘플을 만들어봐야만 했다. 제작자가 내가 구상한 모듈식 프로젝트를 잘 이해하고 제품으로 실현시켜줄 사람인지는 샘플을 통해서만 알 수 있었다. 그렇게 시작된 제작자와의 컬래버레이션. 다섯 번의 샘플 제작을 거쳐 디자인을 수정 보완한 끝에 최종 샘플을 완성하게 되었다.

처음 프로젝트를 시작할 때는 온통 실수의 연속이었다. 지갑 제작 용어를 몰라서 생기는 오해부터 카드를 넣고 다니는 카드 슬롯의 크기를 지나치게 작게 만든 적도 있었다. 그런가 하면 디테일을 일일이 눈으로 확인해야만 이해가 되어서, 계속되었던 샘플 제작, 제작 방식을 고려하지 않은 디자인까지 만족스럽지 않은 결과물을 마주할 때마다 스스로를 탓하며 프로젝트에 대한 확신이 흔들리기도 했다. 다행히 제작자는 나의 실수와 요구에도 큰 동요 없이 샘플 제작을 끝까지 밀고 나갔다. 4차 지갑 샘플 미팅을 위해 제작자를 만났던 날, 제작자가 해준 말은 내가 잊고 있던 중요한 부분을 상기시키며 큰 위안을 주었다.

"이해해요. 처음 해보는 일이잖아요!"

그렇다. 지갑 제작은 내가 한국에서 처음 해보는 일이었다. 어디서 가죽을 사야 하는지, 부자재는 어디서 구입 가능한지, 무엇보다 제작자는 어디서 찾고 어떻게 일을 진행시켜야 하는지에 있어 나는 이전까지 어떤 경력이나 경험도 없었다. 정말 맨땅에 헤딩하듯이 시작했다. 파리에서 패션 위크를 준비하며 봉제사와 작업한 경험이 도움이 되기는 했지만 분야가 다른 만큼 신경 쓸 부분도 달랐다. 새롭고 낯선 분야에 도전한다는 사실을 간과했으니 외롭고 힘든 건 당연한 일이었다. 그런 나에게 제작자의 말은 '괜찮아, 처음 하는 일인데. 그리고 무사히 샘플도 완성하고 있잖아!'라는 이야기로 들렸다. 덕분에 내내 날이 서 있던 마음이 한결 가벼워지는 기분이었다.

지갑 프로젝트를 진행할수록 프랑스에 살았을 때 잠깐 구상했던 창작 플랫폼에도 뼈대가 생기고 살이 붙었다. 아직 구체적인 사업 구상을 할 단계는 아니었지만 그 필요성에 대해서는 확신이 들었다. 일단 나부터라도 지갑 샘플을 만드는 과정에서 창작 플랫폼이 있으면 좋겠다는 마음이 절실히 들었으니까.

창작 플랫폼에 대한 생각은 지금 이 순간에도 커져가는 중이다. 아이디어의 사업 가능성을 가늠해보고 발전시켜가는 과정에서 필요한 교육과 정보를 얻고, 서로의 경험을 공유하면서 전문가와 협업할 수 있는 기회를 투명하게 열어주는 온오프라인 공간이 생긴다면 어떨까. 디자인 전문 교육을 받지 않은 사람이라도 고유한 경험에서 얻은 자신만의 아이디어를 개발, 발전시켜볼 수 있는 주체, 즉 '창작자'가 되도록 돕는 플랫폼 말이다.

누구나 한 번쯤 '~이 있으면 좋겠다!' '~해보면 좋았을 텐데!'라는 생각이 드는 순간이 찾아온다. 대부분의 사람들은 창작이라고 하면 재능을 가졌거나 특정한 교육을 받은 사람만이 할 수 있는 어려운 행위라고 느끼는 경향이 있어서 막상 생각을 발전시켜보고 싶더라도 교육을 받는 기간, 시간, 비용을 고려해 선뜻 도전하기를 망설이게 된다. 그 누구도 아닌 내가 그랬다. 그래서 나는 나와 같은 사람을 돕고 싶다. 누군가 나에게 도움을 주었으면 좋겠다는 생각을 수도 없이 했었으니까. 창작 플랫폼을 통해 창작의 문턱을 낮추고, 더 많은 사람들이 디자인 분야에 관심을 가지면서 나아가 직접 참여할 수 있는 기회가 열리는 세상을 꿈꾼다. 좀 더 다양하고 감동을 주는 디자인이 많아지는 즐거운 상상을 해본다.

꽃피지 못한 아이디어

창작 플랫폼을 생각할 때면 마음속에 남아 있던 동생의 말이 떠오른다.

"수유를 하면서도 책을 읽을 수 있는 책받침을 만들고 싶어."

이유를 물었더니 수유를 할 때가 조용히 책에 집중할 수 있는 유일한 시간이라고 했다. 왜 수유할 때 책을 읽는지 그때는 몰랐었다. 출산 전의 나는 육아에 완전히 무지한 상태였으니까. 육아를 할 때면 수면 부족으로 생활 리듬이 깨지기 때문에 책이나 영화 같은 취미 생활은 당분간 단념해야 한다는 사실도 알지 못했다.

아이마다 다르기는 하지만 영아의 수유 시간은 평균 20~30분에서 길면 40~50분이 걸리기도 한다. 6~8번의 수유를 하다 보면 하루에 평균적으로 3시간을 수유하며 보내게 된다. 사람마다 육아 방식이 달라서 쉽게 일반화할 수는 없지만 육아에는 퇴근이 따로 없고 아이와 함께하는 동안에는 마음대로 소변볼 짧은 시간도 내기 어려운 게 현실이다. 그렇다 보니 수유하는 동안 두 손이 자유롭다면 수유 시간은 무언가를 할 수 있는 충분한 시간이기도 했다.

　육아를 하는 지금은 동생의 고충이 전적으로 공감된다. 수유하는 자세가 썩 편하지도 않고 똑같은 자세를 오래 유지하는 데서 오는 고통도 존재하지만 수유를 할 때면 아이의 우는 소리도, 징얼대는 소리도 없는 적막한 시간만이 흐른다. 그런데 수유를 하면서 특별히 할 수 있는 일은 별로 없다. TV를 보려 해도 TV 소리가 수유에 방해가 될 가능성이 높다. 휴대폰을 보고 싶어도 전자파가 아이에게 안 좋은 영향을 준다고 하니 편히 볼 수도 없다. 수유하며 할 수 있는 일은 아이의 얼굴을 보다가 잠이 들거나 멍하니 생각에 잠기는 것 정도가 전부다. 그렇게라도 휴식을 취해야 하지만 이 시간에 다른 무언가를 하고 싶은 사람이 있다면, 만약 책을 읽고 싶은 사람이 있다면 동생의 아이디어는 그야말로 획기적이었다.

　책을 쓰게 된 동기를 준 사람도 다름 아닌 동생이었다. 패션위크가 끝나고 낙담한 나에게 동생은 "언니의 삶의 태도에 대해 써보는 게 어때?"라며 글쓰기를 권했다. 내가 글을 써서 동생에게 메일로 보내면 동생은 피드백과 함께 응원을 보내주었고 덕분에 첫 원고의 글을 무사히 써 내려갈 수 있었다. 생후 4개월이 채 안 된 조카가 잠든 후에야 컴퓨터 앞에 앉아 내 글을 읽었을 동생을 떠올리면 고맙고 미안하다. 동생이 어떤 몸 상태로 글을 읽었을지 이제는 짐작이 가기 때문이다. 독서를 많이 하는 동생은 아이가 수유에 집중하는 틈을 타서 책을 편하게 읽고 싶은데 마땅히 책을 둘 곳이 없어 읽기 어렵다고 했다. 그래서 두 손이 자유롭지 않은 상태에서도 책상이든 바닥이든 원하는 곳에 책을 두고 볼 수 있는 책받침을 원했나 보다. 동생이 말한 책받침의 모습을 상상해본다면, 굳이 독서의 용도가 아니더라도 다른 일을 하면서 책이나 휴대폰을 볼 수 있어 멀티태스킹이 가능한 받침의 모습을 그려보게 된다.

동생의 아이디어가 실제화되었다면 어떤 모습이었을까? 분명 누군가에게는 필요한 물건이었을 텐데, 그리고 그 사람이 미래의 나일 수도 있다는 상상은 못 하고 말이다. 그때는 그저 세상에 태어나지 못한 아이디어를 보는 게 안타까

운 마음과 함께 동생이 생각을 구체화하는 데 도움이 되고
자 필요하면 언제든지 연락을 주라는 말만 했을 뿐이었다.
그리고 바쁜 생활에 치여 그때의 대화를 잊고 지내다 어느
덧 2년의 시간이 흘렀다. 어느 날 동생에게 여전히 책받침
만드는 방법을 구상 중인지 물어보았다. 동생은 육아하느라
도저히 신경 쓸 수가 없었다며 자신은 만드는 것보다 누군
가 만든 걸 보면서 감상하는 게 좋다고 말했다. 관찰력이 뛰
어나고 섬세한 성격을 가진 동생이 디자인을 경험해봤다면
어땠을까라는 아쉬움도 든다. 무엇을 할지는 개인의 선택
이지만 동생이 상상한 책받침이 만들어졌다면 독서를 하며
자신만의 휴식을 취하고 싶어 했던 동생에게 큰 위안이 되
지 않았을까? 어쩌면 동생이 책받침을 필요로 했던 이유가
자신이 아닌 글을 쓰는 나를 응원하기 위해서였다고 생각
하니 미안함과 고마움이 마음에 겹쳐 새겨진다.

누구에게든 처음은 있다

세상에 똑같이 생긴 사람이 없듯이 똑같은 경험을 한 사

람 또한 어디에도 없다. 동생과 나만 해도 같은 환경에서 성
장했지만 서로 다른 삶을 개척하고 있다. 그렇게 동일한 환
경과 문화 속에 있더라도 개개인은 고유한 경험을 쌓아나
간다. 그리고 나는 고유성이야말로 아이디어의 좋은 토양이
라고 생각한다. 개발자(developer)는 경력이 쌓일수록 실력
이 늘지만 창작자(creator)는 시간과 노력을 들인 만큼 항상
좋은 아이디어를 얻지는 못한다. 차별성은 억지로 찾아지는
게 아니라 이미 우리의 삶 안에 자리 잡고 있다. 좋아하고
저절로 관심이 가는 일을 꾸준히 하다 보면 각자만의 고유
한 정체성과 관점이 생기지 않을까. 온전한 나로 사는 게 쉽
지는 않지만 그렇게 어려운 일도 아니다. 오히려 나답지 않
게 사는 게 더 힘들고 혼란스러울 수도 있다. 일상 속에서
마주치는 경험들에 관심을 기울이고, 떠오르는 질문을 흘려
보내지 않으며 답을 찾으려고 할 때 마침내 창작이 시작된
다. 이 생각들은 지난 경험을 바탕으로 한 내 개인적인 깨달
음이지만 창작은 그만큼 삶의 긍정적인 부분을 보여주었고
위안이 되었으며 열정적으로 삶을 살아가게 해주는 힘이
되었다.

아무리 좋은 생각도 실현시키지 않으면 사라진다. 생각을 글로 옮기는 게 그냥 되지 않듯이 창작도 마찬가지다. 꾸준한 연습과 훈련이 필요하다. 아이디어를 발전시키는 보편적인 방법은 없지만 스케치, 도면, 모형처럼 시각적인 수단으로 전환하는 과정이 필요하다. 시각화는 프로젝트에 참여하는 사람들과 소통을 가능하게 하는 중요한 역할을 하기도 한다. 각 분야마다 디자인을 구체화하는 데 필요한 기술적인 부분이나 제작 환경, 아이디어를 시각화하는 수단도 다를 테지만 내가 건축, 패션, 제품 디자인을 해보며 느낀 점은 '아이디어 구상—발전—실현'이라는 큰 맥락은 비슷하다는 것이다. 경험이나 능력 자체보다 그 안에서 어떤 태도로 일을 하고 어떤 자세로 사람들과 작업했는지가 프로젝트의 완성도에 반영된다. 기술적인 부분은 오랜 시간 동안 경험을 쌓은 전문가들을 따라잡을 수 없으니 그들과 경쟁하는 건 말이 안 된다. 하지만 그들과 소통하면서 완성도 높은 작업이 가능하도록 설득하는 능력은 노력으로도 갖출 수 있다.

누구에게든 처음은 있다. 처음이 없다면 그다음도 없다.

의상 제작을 시작으로 지갑 프로젝트, 그리고 가방까지……
앞으로도 하나씩 아이디어들을 실현시켜나가며 내 아이디
어들이 다양한 분야에 적용 가능한지 테스트해볼 생각이다.
처음 해보는 일이고 경험도 없지만 그렇기 때문에 창작 플
랫폼의 기반을 다지는 데 더욱 중요한 바탕이 되리라 기대
해본다.

제품이 아니라 내 생각을 팔고 싶다

마음이란 게 참 간사하다. 끝이 보이지 않을 때는 앞만 보고 달리면 그만이었는데 막상 목표 지점에 다다르니 그다음을 걱정하게 된다. 지난 시간의 노력이 결실을 볼 생각을하면 흥이 났다가도 '아무런 결과가 없으면 앞으로 난 무엇을 해야 하지?'라는 의구심도 뒤따라왔다. 아직 어떤 상황도 일어나지 않았기에 불필요한 걱정이라는 것을 알면서도한번 자리 잡은 생각을 쫓아내기는 쉽지 않았다.

미래에 대한 기대감보다 두려움이 커질 때면 나는 몽상을 한다. 이런 상황이 펼쳐졌으면 좋겠다는 구체적이고 실질적인 이미지를 떠올리고 그 안에서 어떤 감정을 느낄지도 상상해본다. 생각만 해도 절로 미소가 지어지는 즐거운 미래를 쫓아가다 보면 실제로 일어날지는 알 수 없어도 상상만으로도 현재의 상황을 버텨내게 하는 힘이 생기는 걸 느낀다. '상상하면 이루어진다' 같은 자기 최면 효과 때문일지도 모르겠다. 그렇게 나는 다음 날 일어나서 지난밤에 상상했던 삶에 다가가기 위해 해야 할 일을 시작한다.

'해본 일'보다 '해보고 싶은 일'이 만드는 시너지

다다르고 싶은 목표는 삶에 원동력을 주기도 하지만 때로는 현실과 갈등을 일으키기도 한다. 나는 비슷한 나이대 사람들이 대체적으로 신경 쓰는 노후 준비, 주식, 부동산 같은 현실적인 문제에는 별로 관심이 없다. 그 대신 디자인 브랜드를 만들기 위해 건축회사를 그만둔 후 패션과 제품 디자인에 뛰어들었고 창작 플랫폼도 구상 중이다. 하고 싶고, 해야 될 것 같아서 몇 년째 노력을 쏟는 상태지만 아직 선명하게 보이는 것은 없다.

나는 무엇을 하고 있는 걸까? 어찌 보면 나는 잘못된 신념을 가진 망상가이기도 하고, 때로는 이상을 꿈꾸는 몽상가이기도 하다. 아니면 그렇게 되었으면 좋겠다는 허황된 꿈을 꾸는지도 모르겠다. 현재로서는 내가 하고자 하는 일이 무엇인지 정의 내릴 수 없지만 우선은 갈 수 있는 만큼 가본 후에 생각해도 늦지 않을 것 같다.

내 아이디어가 허황된 꿈일지 획기적인 발명품일지 알수 없지만 적어도 나는 꿈을 꿈인 채로 남겨 두고 싶지 않아서 현실에 구현해냈다. '이랬으면 좋을 것 같은데' 하는 생각이 들면 아이디어를 스케치하고, 시간이 날 때마다 샘플을 만들면서 현실화시켰다. 패션, 제품, 가구 디자인 등 생소한 분야에 대한 전문적인 지식이나 경험은 없었지만 아이디어를 실현하는 데 직업이나 분야는 장벽이 되지 않았다. 용도와 규모, 디테일이 다르더라도 아이디어 구상 단계에서 구체화하는 과정에 이르기까지 나에게 일관된 관점과 디자인 방향성이 있다는 깨달음을 얻는다면 그것으로도 충분했으니까. 오히려 나는 나의 관점이 다른 분야에는 어떤 방식으로 적용될지 궁금하기도 했다. 그렇게 '해본 일'보다 '해보고 싶은 일'에 도전하며 다른 분야가 교차하면서 만드는 시너지 효과를 경험해왔다. 이 과정에서 의상을 제작한 경험은 건축 디자인에 영향을 주었고, 건축적 사고방식은 의상 제작 콘셉트에 영향을 주었다.

건축 디자인에 스며든 의상 제작의 경험, 의상 제작에 스며든 건축적 사고방식이 나의 고유한 특징이라는 점에서 이를 세 가지로 정리해보려 한다.

플레이풀(PLAYFUL, 놀이처럼)
트랜스포머블(TRANFORMABLE, 변형 가능한)
서스테이너블(SUSTAINABLE, 지속 가능한)

눈에 보이지 않아서 구체적으로 설명하기 어렵지만 내가 고려하는 디자인의 핵심 구성 가치들을 글로 쓰고 나니 생각들이 내 안에 어떻게 정착했는지가 보였다. 제품이 아닌 생각을 전달하는 일이 쉽지는 않겠지만 새롭게 시작하는 지갑 프로젝트에서도 다시 한 번 실험해볼 생각이다. 이번

장에서는 나의 창작품, 특히 지갑에 깃든 나의 생각을 전하고 싶다.

PLAYFUL, 놀이처럼

어느 날 다양한 스냅단추를 활용하면 박음질을 하지 않더라도 단추의 조합에 따라 주름을 만들거나 볼륨을 다르게 표현할 수 있겠다는 아이디어가 떠올랐다. 그래서 출근 전 잠깐의 놀이 시간을 즐기기로 했다. 먼저 하단 부분에 볼록과 오목 단추를 배치한 원피스를 입고 거울 앞에 서서 이런저런 주름을 잡아보았다. 정해진 답도, 정해진 모양도 없었다. 그날의 기분에 따라 보기 좋아 보이는 주름을 선택하면 그만이었다. 만지고 느끼고 탐구하면서 나는 어떤 주름이 더 마음에 드는지 확인하는 과정 그 자체를 즐겼다.

한국에 정착한 이후에는 남향에 위치한 거실 천장에 빨간색 필름지를 사선으로, 노란색 필름지는 수직선으로 붙여서 계절에 따라 집 안으로 들어오는 그림자의 각도와 깊이가 달라지는 모습을 관찰하기도 했다. 매일 아침 해와 구름의 위치에 따라 집 안 분위기는 달라졌고 때로는 빛의 연출만으로 거실은 환상적인 공간으로 탈바꿈했다. 여전히 내소유의 집에서 살지는 않지만 나는 더 이상 내가 사는 공간을 방임하지 않으며 매일이 기다려지는 장소로 만들어가는중이다.

출근 전 거울 앞에서, 회사에서, 헬스장에서, 그리고 길위에서. 일상 속 어느 순간, 어느 곳에서든 창작을 통해 평범함 속에서 특별함을 찾을 수 있었다. 생각이 떠오르는 대로, 하고 싶은 대로 표현할 수 있다면 주저 없이 행동으로옮겼다. 그렇게 삶의 면면에서 재미를 찾고 즐거움을 얻으면서 하루의 고단함을 잠시 잊고 한 발 물러서서 바라보는내면의 여유 또한 생겨났다. 돈을 벌거나 경력을 쌓기 위해서가 아니었다. 있는 그대로의 나로 생각하고, 느끼고, 표현하는 순간들을 최대한 자주 가져보는 시간만으로도 충분했다. 놀이를 하면서 마냥 즐거워하는 아이처럼 성인이 된 나에게도 그런 순간들이 필요했는지도 모른다.

*

하나에 얽매이는 걸 싫어하다 보니 정적인 제품보다 동적이고 변화를 주는 디자인에 더 끌렸다. 예를 들면 이탈리아 플로스(Flos) 조명처럼 천장과 바닥 사이에 놓인 케이블을 따라 위아래로 전구를 이동시키는 제품이나 바닥에 놓거나 벽에 걸 수 있는 램프를 좋아했는데, 이런 취향이 쌓일수록 단순히 취향을 넘어서 놀이적인 요소가 담긴 제품을 직접 만들고 싶다는 생각이 들기 시작했다.

그래서 지갑 프로젝트에는 내가 지금까지 실험하고 경험한 것들을 집약적으로 적용했다. 일상에서 흔히 쓰는 물건으로 반복적인 삶에 작은 균열을 만들고, 그 과정에서 이전에는 보지 못하고 느끼지도 못했던 경험들을 얻는다면 어떨까 하는 마음을 담았다. 그러다 보니 지갑을 화폐를 담는 용도만이 아닌 취향을 담고 삶의 태도를 투영하며 좋아하는 것을 담을 수 있는 그릇으로 해석하게 되었다. "지갑은 그냥 지갑이지!"라고 말하는 사람도 있다. 그렇다. 지갑은 그냥 지갑이다. 하지만 어떤 의도로 지갑을 만들고 어떤 방식으로 사용하느냐에 따라 세상에 단 하나뿐인 지갑이 탄생하기도 한다.

TRANSFORMABLE, 변형 가능한

프랑스에서 일할 때는 평소에 유급휴일을 잘 모아두면 한 달 정도의 여름휴가를 떠날 수 있었다. 아무리 이동에 익숙해졌다고 해도 장기 여행에 필요한 물품을 챙기는 일은 매번 새로웠다. 여행 짐에서 가장 많은 부피를 차지하는 옷을 선택하는 게 제일 중요했는데 잘 구겨지거나, 세탁이 어렵거나, 부피가 큰 옷이라면 빠르게 단념해야 했다. 여행객들의 행색이 대체로 비슷한 이유는 다들 나와 비슷한 목적으로 여행에 적합한 옷을 골라서이지 않을까. 여러 번의 여행을 통해 나는 여행을 하면서도 평소처럼 옷을 입고 싶은 마음이 커졌고, 환경과 상황이 바뀌더라도 사용자의 의도에 따라 제품의 형태나 기능이 변하는 콘셉트를 옷으로도 발전시키고 싶다는 결심에 이르렀다.

가변성에 초점을 둔 다양한 의상 제작은 그렇게 시작되었다. 볼륨은 줄이고 한 가지 옷이 여러 벌의 옷이 될 수 있는 가장 효율적인 조합을 찾는 데 집중하면서 팜랩 프로젝트에서 발전시킨 디자인과 같은 맥락으로 옷을 만들어갔다.

앞뒤로 입는 옷, 반팔이 긴팔이 되는 옷, 밑단을 접으면 짧은 코트인데 펼치면 긴 코트가 되는 옷처럼 사용자의 의도에 따라 옷의 기능과 종류를 바꿀 수 있는 옷이 하나씩 완성되었다. 실제로 파리 패션위크를 마치고 한국으로 여행 갔을 때 평소보다 옷을 적게 가져갔지만 원하는 방식으로 옷을 조합할 수 있어 옷이 부족하다고 느껴지지는 않았다.

여행을 자주 하면서 겪은 또 다른 불편 중 하나는 지갑이었다. 화폐 단위가 다른 국가를 가면 출발할 때 가지고 있던 돈과 도착해서 쓸 돈을 분리해서 쓰는 일이 매번 귀찮았다. 한국에서 여름휴가를 보낸 후 파리에서 장을 봤을 때 1유로와 비슷한 원화 10원을 내서 얼굴을 붉힌 경험만 해도 한두 번이 아니었다. 한국에서 쓰고 남은 동전이 유로화와 섞였기 때문이었다. 게다가 프랑스에서는 여전히 동전과 지폐를 자주 사용했고 10유로 이하의 금액은 카드로 계산하지 못하는 곳도 흔했던 탓에 프랑스로 여행 갈 때 동전 지갑을 따로 챙기지 않으면 불편함을 겪을 수도 있었다.
　일상에서도 지갑과 관련된 소소한 불편이 존재했다. 저

녁에 산책을 가거나 공원으로 조깅을 하러 갈 때도 혹시 모를 일을 대비해서 신용카드나 지폐 한 장 정도를 꼭 챙겨야 했다. 가방도 지갑도 없이 가벼운 몸으로 외출하는 게 목적이었기 때문에 주머니에 넣었다가 잃어버릴 위험성은 감수해야 하는 부분이었다.

디자인 브랜드 '디렉'에는 이런 나의 경험을 담았다. 상황에 따라 지폐가 필요하거나 필요하지 않을 때도 있고, 동전이나 카드만 필요한 순간도 생긴다. 이런 모든 예측 불가능한 상황에도 사용자의 필요와 상황에 따라 변형 가능한 지갑이라면 쓸모가 있으리라는 확신이 들었다.

SUSTAINABLE, 지속 가능한

파리 패션위크를 준비할 때도, 지갑 샘플을 만들 때도 함께 작업한 제작자들이 공통적으로 했던 이야기는 "겉보기에는 쉬워 보였는데 엄청 어렵네!"라는 말이었다. 나는 그 말을 "쉽게 만들지 왜 이렇게 어렵게 만들어?"라는 말로 받아들였다. 어떤 제작 환경과 과정을 거쳐 옷이 완성되는지 모르다 보니 패션위크를 진행하면서도 간단하게 작업할 수 있는 부분이 복잡해지는가 하면, 디자인 결함으로 대량 제작에 어려움을 겪기도 했다.

파리에서의 경험을 돌아보며 한국에서 지갑을 만들 때는 어느 정도 디자인 윤곽이 잡히면 제작자를 만나 샘플 연구를 시작했다. 의상을 제작했을 때처럼 지갑을 제작할 때도 분명 내가 제대로 이해하지 못한 부분이 있을 것 같았다. 겉으로 봤을 때 지갑은 상대적으로 외관이 심플하고 장식적인 요소가 없어서 제작이 쉬워 보였지만, 자세히 들여다보면 오목과 볼록 단추의 위치가 정확하게 맞아떨어져야 지갑 모듈끼리의 조합이 가능했다. 대개는 이 조합을 고려하지 않고 상품을 만들기 때문에 정밀성이 떨어지고 만다. 이런 상황에서 제작자를 먼저 만난 건 정말 잘한 선택이었다. 제작자와 이야기를 하면서 모듈 간 2밀리미터의 오차만 있어도 완성도가 떨어진다는 걸 알게 되었고, 재단과 철형, 부자재의 부착 방식을 비롯한 전체적인 생산 방식을 다시 점검해야 할 필요성도 느꼈다.

이미 진행된 프로젝트를 다시 점검하는 건 수고스러운 일이었지만, 일단 가능한 조합이 확정되면 이후에는 소재, 색상, 디테일의 변화를 주면서 다양한 모듈을 생산하면 되었다. 각 제품의 치수가 표준화되어 있고, 단추의 조합 위치도 한번 확정되면 바꿀 수 없기 때문에 점검만 제대로 하면 매 시즌마다 디자인 연구를 새로 할 필요도 없어진다. 2022년에는 매끈한 표면의 가죽과 PVC를 소재로 한 프로젝트를 소개할 예정이다. 만약 반응이 좋아서 다음 시즌에도 소재와 색상을 바꾼 지갑 모듈을 생산하게 된다면 이전 시즌에 생산한 모듈과 조합할 수 있다. 사용자의 소비 패턴과 수요를 분석해 모듈을 출시한다면 확장 가능성도 무궁무진하다. 브랜드나 디자이너의 성향이 아닌 사용자의 취향을 반영한 색상과 소재로 맞춤형 제품을 제작하는 방식이다. 이렇게 하면 사람마다 자신이 원하는 방법으로 모듈을 조합할 수 있기 때문에 세상에 단 하나뿐인 나만의 지갑이 탄생하게 된다.

나는 창작자이자 사용자이다. 필요한 물건을 직접 만들

고 사용하면서 일상에서 예상치 못한 경험을 하는 일이 즐겁다. 계속해서 발견할 부분이 생기는 제품들을 만드는 이유이자, 그대로 써도 되고 다르게 쓰고 싶다면 변형 가능한 제품들을 추구하는 이유도 이 때문이다.

완벽한 세상이란 없듯이 완벽한 아이디어는 없다. 나는 불안정한 존재지만 그렇기 때문에 앞으로 나아가기 위해 끊임없이 노력한다. 창작도 어쩌면 완벽한 무언가를 만드는 게 아닐지도 모른다. 단지 좋거나 싫다고 말할 만한 경험과 기억이 쌓이고, 이를 바탕으로 문제점을 보완하며 계속해나가는 과정 그 자체일지도.

아무것도 하지 않으면
아무 일도 일어나지 않는다

    개인적인 사정으로 나와 남편은 휴식 없이 육아를 하며 육체적, 정신적으로 많이 지친 상태다. 그 와중에도 남편은 건축 일을 하고 나는 글을 쓰는 중이다. 아무 생각 없이 단 하루만이라도 푹 잘 수 있기를 기대해보지만 이제 막 9개월이 넘은 육아 마라톤의 끝은 보이지 않는다. 시간이 날 때마다 각자 알아서 휴식을 취할 수밖에 없다. 원하는 시간에 일어날 수 있었던 소소한 자유로움은 당분간 느낄 수 없을 것 같다. '출산 전에 실컷 하고 싶은 대로 할걸!'이라는 뒤늦은 후회도 잠시, 아이의 울음소리가 들리면 내 몸은 반사적으로 움직인다. 나의 시간은 그렇게 아이의 생체 리듬에 맞추어 흘러간다.

　글을 쓸 수 있는 시간은 아이가 잠들어 있을 때뿐이다. 낮잠 시간은 보통 40분에서 1시간, 깊게 잠들면 2시간일 때도 있다. 아이는 고맙게도 하루 3번 규칙적으로 낮잠을 자는데 그러면 내게 주어진 시간은 총 3시간 반에서 4시간 반이었다. 저녁 목욕을 마친 후 아이가 9시에 잠들고 나면 나는 내가 잠들기 전까지 2시간의 휴식을 즐길 수 있었다. 특별한 변수가 없다면 하루 평균 6시간의 자유가 생기는 셈이다. 하지만 이건 단순한 계산이었고 현실은 밀린 집안일과 이유식을 만들며 밥 먹을 시간조차 빠듯한 채로 대부분의 시간을 보내게 되었다. 그래도 부지런히 움직이면 낮에는 2시간, 밤에는 1시간 정도 글을 쓰는 시간을 확보할 수 있었다.

　스위치를 온오프하듯이 생각이 쉽게 전환된다면 얼마나 좋을까. 집안일을 마친 후 컴퓨터를 켜면 글이 바로 써질 듯하다가도 갑자기 쉬고 싶은 욕구가 튀어나와 '조금만 기분 전환하고 할까'라며 합리화를 시작한다. 휴대폰을 들어 쇼핑 사이트를 돌아다니며 인터넷을 하다 보면 어느새 아이의 울음소리가 들려온다. 본격적으로 글을 쓰지도 못했는데 벌써 시간이 꽤 지난 것이다. 이내 나 자신에게 실망하며 다음 낮잠 시간에는 반드시 글을 쓰겠다고 다짐해본다. 시간이 걸리긴 했지만 합리화와 죄책감, 그리고 다짐의 사이클을 반복하며 조금씩 글에 집중하는 시간이 늘어갔다. 습관으로 굳어지기까지는 오랜 시간이 걸렸지만 하루에 30분, 아니면 모니터만 멍하니 쳐다보더라도 글에 대한 생각을 하루도 놓지 않으려 한 덕분이었다.

육아 자체만으로도 벅찬데 내가 일을 하려고 하는 이유는 무엇일까? 가장 큰 이유는 두렵기 때문이다. 앞이 보이지 않아 막막하고 답답한 느낌이 나를 계속 짓누른다. 그 감정을 누그러트리려면 몸을 움직여 뭐라도 하는 수밖에는 방법이 없다. 아무리 구체적으로 상상해도 다짐은 다짐으로만 끝날 뿐, 직접 몸을 움직여 실행하는 것만큼 효과적이지는 않았다. 몸이 새로운 환경에 적응하려면 삶의 패턴도 재정비가 필요했다. 예전처럼 디자인 샘플을 만들 수는 없었지만 이제는 내 앞에 글쓰기가 있었다. 집중할 만한 대상이 있어 다행이었다. 물론 아이와 보내는 시간은 어느 때보다 만족스럽다. 한 번도 느껴 보지 못한 감정과 경험은 어떤 것으로도 대체할 수 없으니까. 그러나 엄마로서의 삶이 아닌 나의 삶, 엄마가 되기 이전의 나 또한 소중하기에 결코 포기하고 싶지 않다. 그래서 육아를 하면서도 나만의 방식으로 일하는 걸 멈추지 않았나 보다.

아이가 잠자는 시간 동안 쓴 몇 문장들이 앞으로 나의 인생을 어떻게 바꿀지는 알 수 없다. 다만 지금 말할 수 있는 건 내면의 갈등이 심해질 때마다 글을 쓰면서 마음속 폭풍이 사라지는 경험을 했다는 것이다. 나는 인생에 닥친 급격한 변화를 글로 이겨낼 수 있었다. 나의 삶, 선택, 모든 과정을 글로 정의 내리다 보니 스스로도 몰랐던 자신을 이해하게 되었다. 내가 심적으로 크게 흔들리지 않고 육아를 하게 된 것도 글쓰기 덕분에 가능한 일이었다.

2015년에도 또 다른 긴 공백의 시간이 있었다. 5년 동안 일한 첫 회사에서 퇴사한 후 백수가 되었다. 2006년 처음 프랑스에 발을 디딘 후로는 제대로 발 뻗고 자본 적이 없을 정도로 앞만 보고 달려왔던 나. 일을 그만두고 나니 빨리 달리는 기차에서 혼자 뛰어내린 느낌이었다. 파리의 공기, 집 안의 모습, 그리고 나 자신 모두 어제와 같을 뿐인데도 모든 것이 낯설게 느껴졌다. 하지만 원하는 곳에서 원하는 시간에 원하는 작업을 하는 재미를 즐기다 보니 처음 한 달은 빠르게 흘러갔다. 이제는 더 이상 아침마다 정해진 시간에 일어나 지옥철을 타지 않아도 되었고, 일을 하며 전화기 건너편에서 들려오는 프랑스어를 이해하지 못할까 봐 긴장하는 일도 일어나지 않았다.

그러나 쉬는 것도 잘하는 사람이 따로 있는지 긴장감 없는 일상이 지속되자 모든 게 시시하고 지겨워지기 시작했다. 회사에서 받던 스트레스가 삶에 적당한 긴장감을 주었다는 사실을 그제야 깨달았다. 낮에 밖을 나가면 괜히 주눅이 들었다. 평균 근무시간은 아침 9시부터 저녁 5시까지였는데 그 시간에 밖을 돌아다니면 사람들이 나를 백수로 보지 않을까 생각하니 마음이 불편했다. 타인은 내게 그만큼 관심이 없을 텐데 나는 내가 가진 편견에서 자유롭지 못했다.

회사가 있던 파리 11구 근처에 갈 일이 생기면 되도록 점심시간은 피했다. 우연히라도 아는 사람과 마주치고 싶지 않았다. 점심시간에 직장인처럼 보이는 한 무리의 사람들을 만나면 괜스레 나도 저 시간만을 기다리며 일했는데라는 회상에 잠기기도 했다. 퇴근 후 회사 근처에서 동료들과 마셨던 술맛과 집에서 하는 혼술의 맛은 확실히 달랐다. 회사를 다니며 마셨던 술맛은 낮에 받았던 스트레스를 밤에 마시는 술의 쓴맛으로 엎어버리는 느낌이랄까. 그 시간만큼은 모든 일을 잊고 별것 아닌 대화로도 킬킬댈 수 있었다. 집에서 혼자만의 속도로 음미하며 마시는 술 또한 나쁘지 않았지만.

시간이 지날수록 재취업에 대한 두려움이 조금씩 커지자 예상하지 못한 감정이 꿈틀거렸다. 계속 쉬면 다시 일을 못하지 않을까? 경기도 안 좋은 데다 외국인을 고용하는 회사는 많지 않을 텐데. 하지만 당장은 일을 하고 싶지 않았다. 직장에서 쌓인 스트레스를 모두 비워내려면 더 많은 시간이 필요했다. 무엇보다 예전처럼 건축 일을 하고 싶은 마음이 들지 않았다. 컴퓨터 모니터 앞에 장시간 앉아 일을 하는 모습을 떠올리니 상상만으로도 눈꺼풀이 무거워지는 느낌이었다. 몸도 마음도 충분한 휴식이 필요했지만 비워진 시간을 채워줄 무언가도 찾아야만 했다. 건축 공모전, 그림, 여행이나 파리 답사…… 그중 어느 것도 이미 일상에 자리 잡은 게으름을 흔들 만한 무엇이 없었다.

그렇게 시작된 의상 제작. 취미로 쉬엄쉬엄하려고 했는데 하다 보니 일처럼 열심히 해버렸다. 지루한 시간을 잊을 정도의 취미로만 할 거라는 예상과 달리 하루 종일 시간 가는 줄 모르고 작업한 적도 많았다. 미래에 대한 두려움보다는 바로 눈앞에 있는 원단이 가슴을 뛰게 했다. 패턴은 뭐로 하지? 재봉은? 디테일은? 꼬리에 꼬리를 무는 질문들은 새로운 동기와 자극으로 다가왔다.

1년 동안 월급의 80퍼센트에 해당하는 금액을 실업급여로 받을 수 있었지만 나는 1년의 기간을 다 채우지 못했다. 구인센터의 권유로 재취업을 준비할 수밖에 없었고 휴직생활은 결국 8개월 만에 끝이 났다. 일터가 변했을 뿐 건축가로서의 삶에 큰 변화는 없었다. 반면 나의 일상은 많이 달라져 있었다. 옷장은 직접 만든 옷으로 채워졌고 다시 일하는 동안에 짬짬이 만든 옷은 사계절 내내 입어도 될 만큼 쌓여갔다. 습관이 된 옷 만들기는 그렇게 삶의 일부가 되었다. 먼지 쌓인 미싱 박스를 열 때만 해도 미래에 어떤 일이 벌어질지 알지 못했다. 그때는 그저 무언가가 하고 싶었고 막막한 시간을 채울 도구가 필요할 뿐이었다.

패션과 거리가 멀었던 나는 어느덧 옷을 직접 만들어 입고 다니는 사람이 되었다. 속옷과 신발만 빼고는 커튼, 옷, 가방, 지갑, 귀걸이 들처럼 원단으로 만들 수 있는 물건이라면 무엇이든 직접 샘플을 제작해 아이디어를 확인하고 발전시켜나갔다. 그러면서 처음으로 천을 활용한 일상용품이 얼마나 많은지 깨달았다. 침대 커버, 이불, 베개, 쿠션, 수건, 쇼파 커버, 접이식 의자 등받이……. 천은 생활의 일부였고 어디에든 존재했다.

취미는 취미로만 남지 않았다. 건축만 알았던 나는 이 경험을 바탕으로 파리 패션위크에 참여하게 되었다. 그전까지는 방송에서만 보던 패션위크가 이토록 나의 삶 가까이 자리할 거라고는 상상도 하지 못했다. 참 알 수 없는 인생이다. 건축도면을 들여다보던 내가 재봉사와 상의하며 옷을 완성하고 내 옷을 입은 모델들을 보게 되다니. 나는 이제 1년, 3년, 5년 단위로 계획하던 습관을 그만두었다. 언제부터인가 계획한 대로 인생이 흘러가지 않았고 오히려 거창한 계획보다 같은 습관을 유지하며 매일 꾸준히 하는 일이 더 어렵다는 걸 알게 되었다. 옷을 만드는 습관, 글을 쓰는 습관, 운동하는 습관처럼 누구나 할 수 있는 소소한 일이지만 그것을 꾸준히 하다 보니 삶의 색깔은 다양해져 있었다.

삶에 만약이라는 가정을 해볼 때가 있다. 만약 내가 공백의 시간을 아무것도 하지 않은 채 보냈다면 지금은 어떤 인생을 살고 있을까? 무슨 일이 펼쳐질지 알 수 없는 인생이기에, 오늘도 그저 어제처럼 내가 할 수 있는 일부터 시도해볼 뿐이다.

에필로그

+ +

크고 작은 시행착오를 바라보는
나의 시선

살던 장소를 떠나고 나니 하는 일도, 매일 보는 사람들도 달라졌다. 늘 가던 헬스장도, 즐겨 먹던 음식도, 자주 쓰던 말도 모두 과거가 되었다. 익숙했던 생활이 사라지자 순식간에 모든 것이 바뀌었다. 이런 변화가 혼란스러울 만한데도 눈앞에 닥친 일―육아―글쓰기에 온 신경을 집중해서인지 시간이 어떻게 가는지도 몰랐다. 그런다고 일어난 일이 없던 일이 되거나 설명하기 어려운 감정들이 그냥 사라질 리는 없었다.

한국에서는 파리에서 지낸 13년 동안의 나는 사라지고 전혀 다른 사람의 인생을 사는 기분이었다. 아이, 가족을 우선으로 많은 부분을 선택하고 결정하면서 나 자신을 중심으로 돌아가던 삶은 더 이상 존재하지 않았다. 글을 쓸 수 있는 시간조차 아이의 건강 상태와 등원 여부, 남편의 건축 현장 장소가 어디냐에 따라 결정되었다. 도시의 불이 거의 다 꺼진 늦은 밤, 좋아하는 음악을 틀고 와인을 마시며 의상 샘플을 만들던 그 순간을 다시 느껴보고 싶지만 이제는 실현하기 어려운 희망 사항으로 남았을 뿐이다. 당분간은 아쉬움을 마음 한쪽에 잘 간직해두려 한다. 물론 다른 창작에 몰두하면서.

그나마 휴대폰에 파리에서의 내 모습과 친구들과 찍은 사진, 패션위크를 준비하던 과정과 의상 샘플 기록이 남아 있어 프랑스에서의 삶이 혼자만의 망상이 아니란 걸 환기시킨다. 한국에서도 여전히 직접 만든 옷을 입고 다녔는데, 내가 이런 디테일도 생각했나 스스로 반문할 정도로 직접 옷을 만든 일들이 제대로 기억나지 않을 때도 있었다. 지나간 시간은 그렇게 다른 기억들로 덮여 희미해져갔다. 언젠가 다시 작업할 기회가 온다면 옷 만드는 일을 가장 먼저 기억하는 건 아마 종이를 만지며 패턴을 그리고, 원단을 제단하고, 미싱으로 재봉하던 내 손이지 않을까.

프랑스에 정착하기까지 힘이 들기는 했지만 입학과 취업, 사업 진행과 취미 모두 원하는 대로 잘 풀렸고 그 흔한 도난이나 사기도 경험하지 못했다. 외로운 삶이기는 했지만 곁에는 항상 좋은 친구들이 있었고 도움이 필요할 때는 예상치도 못한 사람을 만나 문제가 해결되기도 했다. 마치 누군가 나를 보호해주는 기분마저 들었다.

그래서였을까. 사업을 해본 경험도, 건축이 아닌 의상 분야에 뛰어든 도전도 처음인데 나는 너무 많은 기대를 품었었다. 최선을 다한다면 적어도 그만큼의 보상은 돌아올 거라 생각했기에 만족스럽지 않은 결과에 실망감은 클 수밖에 없었다. 어떻게 보면 결과가 뻔한데도 눈을 가린 채 앞만 보고 갔는지도 모른다. '해보고 싶다'를 '해봤다'로 바꾸기 위해 들였던 시간과 노력, 에너지를 생각하면 억울해서 잠도 제대로 오지 않았다. 왜 그랬을까. 누구 때문일까. 어디서부터 잘못된 걸까. 혼자서 질문을 무한 반복해도 답을 찾을 수 없었고 객관적인 시선으로 지난 일들을 돌아보기까지는 그 이후로도 꽤 많은 시간이 걸렸다.

어느 정도 프랑스 생활에 익숙해진 후에는 단조롭고 반복적인 일상이 지겨울 때도 있었다. 그런데 예고도 없이 한꺼번에 많은 변화가 삶에 들이닥치는 바람에 정신없는 시간을 보내게 되었다. 변화가 필요한 시점이었는지 아니면 변화가 올 만한 때였는지는 알 수 없지만 2019년은 내 인생의 전환점이 되는 해였다. 그해 6월에 파리 패션위크에 참여했고, 10월에는 임신한 사실을 알게 되었으며, 11월에는 13년을 보낸 프랑스에서의 삶을 뒤로하고 한국으로 귀국해야 했다.

닥친 일을 처리하느라 바쁘게 하루를 보내다 보면 지난 시간 동안 해온 일들이 까마득한 과거처럼 느껴지기도 했다. 다행히 책을 집필했기에 여전히 그때의 기억을 생생하게 잡고 있지만 때로는 과거를 이리저리 헤집고 다니는 느낌이라 혼란스럽기도 하다. 소파에 누워 잠시 쉬거나 아무 생각 없이 설거지를 하다가도 갑자기 현실을 망각한 채 과거로 빨려들어가 잠시 공상에 잠기기도 했다. 지금은 한국에 도착한 지 얼마 되지 않았을 때보다는 그런 감정들이 많이 줄어들었지만 무언가가 나를 시험하는 기분은 여전히 사라지지 않는다.

하지만 이런 경험 덕분에 최근 읽은 마르셀 프루스트의 글을 분석한 이야기가 더 깊이 공감되었다. 프루스트는 과거의 기억들을 집요하게 추적하며 느끼고 깨달은 내용들을 글로 담았다고 한다. 프루스트가 그랬듯 현재를 이해하고 미래를 보기 위해 과거의 시간들이 어떤 의미들로 채워졌는지를 찾는 과정이 지난 시간 동안 내가 해온 노력이기도 했다. 원고를 집필할 때면 정신이 혼미해질 정도로 어지럽고 메스꺼운 느낌마저 들었다. 그런데 글쓰기를 마치기만 하면 언제 그랬냐는 듯 머리가 한결 가벼워졌다. 안 좋았던 과거의 기억을 되새김질하는 일도 많이 줄어들었다. 중심 없이 늘 붕 떠 있다가 이제야 발 디디고 설 만한 땅이 생긴 기분이다. 지난 시간 동안 했던 선택과 그 이유를 이제는 이 한 문장의 깨달음과 함께 좀 더 명쾌하게 이해할 수 있다.

'내가 이런 생각을 하며 살았구나!'

걸림돌 아니면 경험의 발판

원고 집필은 2019년 10월 3일, 파리 20구에 있는 작은 작업실에서 시작되었다. 한국으로 돌아와 육아를 하는 와중에도 틈틈이 글을 쓴 덕분에 더 이상 쓸 게 없다고 느낀 시점에 첫 원고가 마무리되었다. 그때는 바로 책이 나올 것만 같았다. 하지만 출판사의 생각은 달랐다. 글의 내용이나 완성도 이전에 전체 글의 전개 방식이 뚜렷하지 않다는 게 문제였다. 나는 글을 완성하는 데만 집중했을 뿐, 책을 출간하는 의미가 무엇인지에 대해서는 진지하게 고민해보지 못했다. 그제야 정신이 번쩍 들었다. 물론 처음에는 결과를 받아들이기 어려웠다. 그동안 글을 완성하기 위해 들인 노력과 시간을 생각하면 억울하기까지 했다. 만삭의 몸으로 카페에 앉아 모니터에 집중한 채 글을 썼고, 산후 조리원에서는 수유할 때를 제외한 휴식 시간에도 틈틈이 문장을 수정하며 글을 써온 장면이 떠올랐지만 그것은 어디까지나 내 입장일 뿐이었다.

그럼 나는 또 실패한 걸까? 나는 이전까지 한 번도 글을 전문적으로 써본 적이 없었다. 그러니 글을 구성하고 전개하는 능력도 부족할 수밖에 없었다. 아무리 노력을 해도 보이는 만큼 보이고, 아는 만큼만 겨우 쓸 수 있었다.

다시 글을 쓰기 시작한 지도 어느새 1년이 넘어가자 첫 원고를 6개월 만에 썼던 것과는 다르게 쉽게 글이 써지지 않았다. 한 꼭지를 마무리하는 데 두세 달이 걸릴 때도 있었다. 어떨 때는 글이 잘 써지다가도 다시 며칠, 몇 주를 고민해야 다시 글을 쓸 수 있기도 했다. 쓰고 지우며 다시 쓰는 과정을 여러 번 거치고 나니 그제야 내 글의 요점이 좀 더 명확하게 보였다.

내 발로 하산하지 않는 한 계속 오르다 보면 언젠가 산의 정상에 도착하듯이 글도 마찬가지였다. 아무것도 써 있지 않은 빈 페이지를 채울 한 단어, 한 문장, 한 단락에만 집중하다 보면 어느새 완성된 한 꼭지가 눈에 들어왔다. 그렇게 나는 어떤 상황이나 분야이든지 간에 완주하는 법과 내 자신의 두려움을 직면하는 법을 배우는 중이다.

쓰고자 하는 의지가 있더라도 글을 쓸 만한 장소를 찾지 못했다면 원고를 마무리하기는 힘들었을 것이다. 음악을 들으며 할 수 있는 건축도면 그리기나 의상 제작에 비해 글쓰기는 고도의 집중력이 필요한 일이었다. 음악이나 사람들의 대화 소리가 큰 장소에서는 문장을 수정하는 정도만 가능했고 집에서는 어떤 노력을 해도 눈에 보이는 집안일을 그냥 둘 수 없다 보니 정작 집중하는 시간은 10분도 채 되지 못했다. 오히려 마음대로 할 수 없는 환경에 놓여야 한 가지에 몰두하기가 더 쉬웠다. 게다가 아이의 하원 시간이 정해져 있는 만큼 이동 시간이 늘어나면 글을 쓸 시간도 줄어들었기 때문에 어린이집과 멀리 떨어진 곳에서 글을 쓸 수도 없었다. 다행히 집에서 도보로 15분만 가면 종로 도서관이 있어서 필요한 책을 마음껏 읽으며 글을 쓸 수 있었다. 남편이 제주도에서 일을 마치고 서울로 올라온 후에는 도서관이 문을 닫는 날이면 홍대 스터디 카페로 가서 글을 써나갔다. 건물 4층에 위치한 카페테라스에서 홍대 거리를 바라보다 수없이 '정면'을 외치던 재즈댄스 학원이 눈에 들어왔다. 문득 재즈댄스 수업이 끝나면 같은 건물 1층에 있던 삼겹살집에서 풍기는 고기 냄새를 버티며 그 앞을 지났던 기억이 스쳤다. 예전과는 많이 달라진 거리를 보니 변화에 적응하게 되는 건 사람뿐만이 아니라는 생각이 들었다.

활력 넘치고 바쁘게 움직이는 사람들을 보며 아직도 불안정한 상황에 놓인 자신이 초라하게 느껴지기도 했다. 20, 30대 때 내가 상상한 마흔의 모습은 지금의 모습이 아니었다. 그런 생각을 하니 이제껏 해온 시도들이 전부 어떤 의미도 없어 보였고, 내가 무엇 하나 제대로 정해지지 않은 채 떠도는 사람처럼 느껴졌다. 멍하니 거리를 바라보던 나는 정신을 차리고 다시 글쓰기에 집중했다. 그때 내가 할 수 있는 최선은 원고를 마무리하는 것이었고, 그 이후에야 계획했던 일들을 하나씩 실행할 수 있다고 생각하니 정신이 번쩍 났다. 때로는 방황하고 새로운 의구심이 샘솟기도 하지만 내일은 괜찮아지리라는 믿음으로 묵묵히 글을 써 나갈 뿐이다.

파리에서의 화려하고 열정적인 삶으로 다시는 돌아갈 수 없을 것이다. 그리고 앞으로 원하는 대로 일이 잘 풀릴지도 알 수 없다. 완만한 산을 오르다 알 수 없는 구렁텅이에 빠져 허우적대던 내가 이제야 어떤 상황에 놓인 건지 제대로 알게 된 기분이다. 항상 원하는 길을 갈 수 없다는 깨달음, 그리고 예측하지 못한 일은 언제든 찾아온다는 교훈을 이번 기회를 통해 확실히 깨달았다. 다음에도 똑같이 구렁텅이에 빠진다 해도 지금보다는 더 잘 대처할 수 있을 것이다. 그런 일을 맞닥뜨리는 게 이번이 마지막은 아닐 테니까.

아무것도 하지 않으면 아무 일도 일어나지 않는다. 일단 도전하면 그에 따른 결과는 따라올 뿐 잘 될 수도, 잘 안 될 수도 있다. 그리고 실패를 걸림돌이라 받아들일 수도 있고, 경험의 발판으로 삼을 수도 있다. 성공도 다음을 준비하는 발판으로 보거나, 현실에 안주하게 만드는 장애물로 볼 수도 있다. 관점에 따라 해석은 달라지듯이 결국 절대적인 정의는 어디에도 없다.

계획대로만 흘러가던 내 삶에 패션위크마저 성공적이었더라면 나는 삶을 돌아보지 않은 채 계속해서 앞만 보고 갔을 것이다. 그렇다면 모든 일을 멈춘 채 글에 집중하는 시간도 갖지 않았을 테고, 진지하게 지난 삶을 성찰할 기회 또한 경험하지 못했을 것이다. 패션위크에 실패한 덕분에 나는 나를 더 이해하는 시간을 보내게 되었다. 내가 새로운 일에 도전하려고 했던 근본적인 이유는 무엇인지, 생각을 행동으로 실천하게 한 용기는 어디서 왔는지, 어떤 방해물에도 끝까지 해내려고 했던 의지는 과연 무엇이었는지. 모두 내가 어떤 태도로 삶을 살아가는지 점검해보며 얻은 소중한 질문들이다. 실패든 성공이든 가던 길을 멈추고 지난 삶을 돌아보게 한다는 점에서 나에게는 똑같이 값진 선물이다.

2022년 7월

한주희

재밌어서 만들다 보니
좋아하는 것을 오래 하기 위한 방법

초판 1쇄 발행   2022년 7월 15일

지은이   한주희
펴낸이   강일우
본부장   윤동희
책임편집   김수현
디자인   김소진
마케팅   윤지원

펴낸곳   ㈜미디어창비
등록   2009년 5월 14일
주소   04004 서울 마포구 월드컵로12길 7
전화   02-6949-0966
팩시밀리   0505-995-4000
홈페이지   books.mediachangbi.com
전자우편   mcb@changbi.com

© 한주희 2022
ISBN   979-11-91248-65-4 03810